# 季語別 松尾隆信句集

*Takanobu Matsuo*

ふらんす堂

# 季語別松尾隆信句集　目次

春


時候……8
天文……16
地理……22
生活……25
行事……30
動物……35
植物……42


夏


時候……62
天文……69
地理……78
生活……83
行事……95
動物……101
植物……112


秋


時候……132
天文……141
地理……153
生活……156
行事……160
動物……166

植物……176

冬
時候……196
行事……224
天文……207
動物……231
地理……215
植物……236
生活……218

新年
時候……248
行事……256
天文……250
動物……260
地理……252
植物……260
生活……253

季語索引……261

# 季語別松尾隆信句集

# 凡例

一　本書は、左記の句集の全作品を、季語によって分類し、春・夏・秋・冬・新年の部の順に編集したものである。集中、「雪」は句集『雪渓』、「滝」は句集『滝』、「お」は句集『おにをこぜ』、「菊」は句集『菊白し』、「は」は『はりま』、「松」は句集『松の花』、「美」は句集『美雪』、「弾」は句集『弾み玉』を表し、下段の算用数字等（昭61）は句の制作年代を示している。

『雪渓』（牧羊社　一九八六年一〇月一日刊）
『滝』（牧羊社　一九九二年九月二六日刊）
『おにをこぜ』（本阿弥書店　一九九五年九月二六日刊）
『菊白し』（本阿弥書店　二〇〇二年九月二六日刊）
『はりま』（本阿弥書店　二〇〇六年一月二三日刊）
『松の花』（角川書店　二〇〇八年九月二日刊）
『美雪』（本阿弥書店　二〇一二年九月二八日刊）
『弾み玉』（角川書店　二〇一六年一〇月一一日刊）

二　1　季語は主に『カラー図説日本大歳時記』（講談社）に拠って分類し配列してある。
　　2　各季語の作品は、発表順に配列してある。
　　3　『雪渓』は新版（ウエップ　二〇〇九年一〇月五日刊）により収める。

三　ここに収めた作品の総数は二、七七五句である。

# 春

## 時候

### 春《はる》

相州大山

女が撞けば女の音色春の鐘　滝・昭61

春のつららかみかみ登りゆるめざる　滝・昭61

### 二《に》月《がつ》

踏めば鳴る二月の雪よ司祭館　滝・昭59

蛸壺の蛸の足出す二月かな　お・平6

蓑虫の垂るる二月の歯科医院　菊・平8

石垣の石の匂ひも二月かな　は・平13

只見川二月の雪は横へ降る　松・平16

### 旧正月《きゅうしょうがつ》

によつぽりと旧正月の初日出づ　弾・平25

### 寒《かん》明《あけ》

寒明け七日カナリアの高音かな　弾・平23

### 立《りっ》春《しゅん》

春立つ

直立の鶏冠立春を鳴き放つ　お・平元

立春のすずめとなりてはづみけり　お・平元

## 早春《そうしゅん》

## 春浅《はるあさ》し

春立ちて青一枚の鳶の空　お・平6

春立つやうすきみどりの甘納豆　は・平10

海は立春観覧車動き出す　は・平11

春立てりむすめの嫁ぎゆく年の　松・平15

立春の朝のわが顔妻の顔　松・平17

立春のひかりにひらくたなごころ　美・平21

立春の鉄棒素手を以てつかむ　弾・平27

堰抜けてより早春のまろき泡　弾・平26

二宮　蘇峰記念館

琴爪の一弾ごとの春浅し　滝・昭59

岩峰を攀づる青シャツ春浅し　菊・平9

うつぼ干す房州の春浅くして　美・平20

坊津の波は白銀春浅し　美・平22

冴返《さえかえ》る

寒もどり

二宮　蘇峰記念館

武子らの明治の墨書冴返る　滝・昭59

羽衣の松は男松よ冴返る　滝・昭59

お多福のほほの桃色冴え返る　松・平17

わんたんの汁をすくへる寒もどり　美・平20

余寒《よかん》

春寒《はるさむ》

料峭

バス停の時間メモする余寒かな　は・平13

十和田湖

料峭に乳房尖らす乙女像　雪・昭56

輪ゴム飛ばして春寒の窓ガラス　お・昭63

春寒の鼻を削がれし微笑仏　お・平元

料峭の右手の四指でカレー食む　松・平17

春《はる》めく

春めくや潜水艦と桜島　は・平11

雨水《うすい》

裸木に紅走り立つ雨水かな　滝・昭58

とつぷりと雨水の茶室暮れにけり　お・平6

指五本ひらきてみたる雨水かな　松・平15

## 二月尽《にがつじん》

喪の服の雨粒払ふ二月尽　お・平元

花挿さぬ花瓶を窓に二月尽　松・平14

## 三《さん》月《がつ》

三月の岩のあひだを水走る　お・平元

三月や紅白の鯉すれちがひ　は・平12

真珠色に三月の雨渡し跡　は・平13

三月や絹のスカーフ解《ほど》けさう　松・平15

三月へのびのびと伸び富士の裾　松・平17

三月の一日生まれのかんな屑　弾・平24

三月へひらけば灯る冷蔵庫　弾・平27

## 如月《きさらぎ》

きさらぎの青柳町よ雪卍　滝・昭59

如月の空や去年のからすうり　お・平4

## 啓《けい》蟄《ちつ》

啓蟄やなかば埋りし力石　菊・平8
啓蟄やサッカーボール蹴り上ぐる　菊・平8
啓蟄や吾は事務所のこもり虫　菊・平9
啓蟄や地震保険に入らねば　は・平13
啓蟄の東京湾へ機首を下ぐ　美・平20
啓蟄の卵をエッグスタンドに　弾・平23

## 竜天《りゅうてん》に登《のぼ》る

竜天に昇りてよりのとのぐもり　お・平4
竜天に登り象形文字となる　弾・平24

## 四《し》月《がつ》

窟深くしたたる音も四月かな　滝・昭58
たつぷりと四月の闇の水をのむ　滝・昭58

## 弥《や》生《よい》

梢を足す弥生の富士の裾の闇　松・平14

## 清《せい》明《めい》

清明のボートの櫂のしづくして　菊・平8

## 春《はる》の日《ひ》

春の夕日

## 春《しゅん》暁《ぎょう》

一粒の樹液に春の落暉かな　松・平14
春暁へすべての釦して出づる　雪・昭56
春暁の電柱にこゑ登りゐて　滝・昭58

相州大山
春暁へ鹿立ちあがりあゆみ出す　滝・昭61

## 春《しゅん》昼《ちゅう》

春の昼

春昼のテーブルの下地震に伏す　弾・平23
とんかつの音立てて来る春の昼　弾・平24

## 春《はる》の宵《よい》

春宵

師五千石、富士より練馬へ移る
春宵の新居白壁師と語る　滝・昭58
水槽の鯵すくはるる春の宵　松・平14
春の宵嚙んでも嚙んでも貝の紐　松・平15

## 暖《あたた》か

あたたかや石の狸に石の臍　松・平15
あたたかやそれぞれの田の土の色　弾・平25

麗《うらら》か

独楽の絵の敷石踏んでうららかや　滝・昭61

うららかや葉書一葉亡き母へ　お・平4

うららかに七曜終り誓子亡し　お・平6

うららかや鑑真和上ここに着く　美・平22

日《ひ》永《なが》

日永し

そよりともせぬ竹林や日の永し　美・平22

遅《ち》日《じつ》

暮れかぬる

凍魚を丸太あつかひ遅日港　雪・昭53

あをあをと遅日の富士のいつまでも　は・平10

新しき辞書ひらきたる遅日かな　松・平15

暮れかぬる姥子の宿の金盥　美・平21

花《はな》冷《びえ》

花の冷え

花冷に不増不減の泉減る　雪・昭48

花冷の名刺を貼つて新居とす　雪・昭53

花冷といふよりいまだ花芽冷え　雪・昭57

日向薬師
神将の十二の忿怒花冷ゆる　雪・昭57

花冷の暁闇にあるたなごころ　滝・昭58

師五千石「山開」句碑
花冷の雲中にある吾と岩　滝・昭59

鎌倉　東慶寺
花冷や読めぬ字のある離縁状　お・平5

コーヒーを待ちてゐる間も花の冷　松・平17

## 八十八夜《はらじゅうはちや》

八十八夜ひたすらに眠りたし　お・平5

八十八夜ラーメンに振る胡椒　菊・平9

薬王寺
厄坂に銭撒く八十八夜かな　は・平11

体内を八十八夜の水走る　松・平17

ふらここを八十八夜の母が漕ぐ　弾・平23

サッカーボール八十八夜の玄関に　弾・平24

**行《ゆ》く春《はる》**　春行く

春終る水色水性ボールペン　お・昭63

春逝くや象は象舎に戻りたる　松・平14

行く春の淡海に浮かびゐたりけり　美・平19

行く春や弁当箱に梅の種　弾・平25

**春《はる》惜《おし》む**

春惜しむフランス山に船を見て　は・平11

**四《し》月《がつ》尽《じん》**

四月逝く錨の錆を指先に　松・平17

## 天文

**春《しゅん》光《こう》**

春光をたばねて滝となりにけり　滝・昭58

春光にふちどられ飛ぶかもめかな　美・平20

**春《はる》の雲《くも》**

鞠子

春の雲食ぶるごとくにとろろ飯　雪・昭53

**春《はる》の月《つき》**

海上や一糸まとはぬ春の月　美・平22

鳩小舎の跡の平らや春の月　弾・平24

## 春《はる》三日月《みかづき》

渋皮の剝けたるやうに春の月　弾・平26

木々の間の春三日月のとがりかな　は・平12

## 朧《おぼろ》月《づき》

吉野杉おぼろの月へ直立す　お・昭63

## 朧《おぼろ》

しのばずの池のおぼろの中の道　雪・昭54

九十九里浜おぼろの一人智恵子めく　滝・昭58

三橋節子美術館

竜の目ん玉舐めてゐる児や湖おぼろ　美・平19

人住まぬ八丈小島おぼろなり　弾・平26

## 春《はる》の星《ほし》

春星　星朧

東京のひとつの星の朧かな　松・平17

亡き父の号にむらさき春の星　美・平21

悼　淀縄清子さん

天窓に降る春星となられけり　弾・平26

## 春《はる》の闇《やみ》

赤子泣き止む春の闇深ければ　美・平18

## 春《はる》風《かぜ》

室津

春風や貝殻溜めて廃れ舟　雪・昭43

日の丸弁当春風の海へひらく　お・平元

春風や岩に対ひて岩に立つ　松・平17

春風や靴脱ぎて立つ岩の上　松・平17

**東風《こち》**　強東風

強東風や家壊さねば家建たず　は・平13

**風光《かぜひか》る**

ひかる風手首を抜けて行きにけり　松・平17

**春疾風《はるはやて》**

春疾風尾を以て吾を打ちにけり　滝・昭58

なびきつつ女あらがふ春疾風　滝・昭58

ダムの水皺くちやに春疾風かな　は・平12

**霾《つちふる》**　つちぐもり　霾晦

つちふるや沼が一枚横たはる　滝・昭58

ふるさとに知らぬ地名やつちぐもり　松・平16

よなぐもりなまやつはしのにつきの香　弾・平23

春雨《はるさめ》　春の雨

伯母逝けり春雨に聳つ姫路城　は・平12

黒糖に練り艶出づる春の雨　は・平13

えりあしにあるひとつぶのはるのあめ　松・平14

水ぐるまさらに濡れよと春の雨　弾・平27

春時雨《はるしぐれ》

われのみの鳴立沢や春しぐれ　お・平4

宗我神社神鏡に春しぐれかな　お・平5

一本の楠に春しぐれかな　は・平13

花の雨《はなのあめ》

花の雨クインエリザベスⅡも　お・平2

春驟雨《はるしゅうう》

海へ向く為朝神社春驟雨　弾・平26

春の雪《はるのゆき》　春雪

パワーショベル春雪掲げ休みをり　雪・昭48

修道院聖なる春の雪の中　滝・昭59

春雪を胸に許して聖女像　滝・昭59
春雪の岬に殖えてゆく燈　滝・昭59
春の雪神の屑籠さかしまに　お・平6
峠かな大島へ投ぐ春の雪　菊・平8
春の雪平塚駅で雨となる　は・平13
帆のやうに春雪の立つ奥の嶺　松・平14
登山電車の架線一条の春の雪　松・平17
みどりごの受話器の喃語春の雪　美・平18
春雪に釘一本をこぼしけり　美・平19
手品師の胸にとびつく春の雪　弾・平26
五千石句碑〈山開きたる雲中にこころざす〉移設
春雪富士へふたたびの句碑開き　弾・平26
悼　渡辺徳子さん
夫を詠み春雪を詠み逝かれけり　弾・平26

淡雪《あわゆき》
牡丹雪

青春の病む胸飾るぼたん雪　雪・昭37

北窓を開きてよりのぼたん雪　お・昭63

### 忘《わす》れ霜《じも》

別れ霜

丹沢の猪垣跨ぐ別れ霜　お・昭63

### 春《はる》の虹《にじ》

春の虹窓をひらけば消えにけり　松・平14

### 霞《かすみ》

焼津

剣もてこの深霞払ふべし　雪・昭53

この池の緋鯉のほかは大霞　お・平4

富士伊吹霞棚引き誓子逝く　お・平6

誓子の富士霞みて見えず誓子逝く　お・平6

姫路城

城霞みゐると見る間に遠に遠に　は・平11

### 陽《かげ》炎《ろう》

かぎろい

陽炎ひて直の鉄路の廃さるる　雪・昭46

かげろへる砂場の砂を手にすくふ　雪・昭48

かげろひてあねとおとうと砂を掘る　雪・昭57
つくりたる砂山すぐとかげろへる　雪・昭57
かぎろひの水子仏見つかぎろへる　滝・昭60

**春陰《しゅんいん》**

春陰の大山に食ふ山女かな　菊・平8

**花曇《はなぐもり》**

花曇遺跡の土を撫づる刷毛　菊・平8
聖橋は見上ぐる橋よ花曇　松・平17

**蜃気楼《しんきろう》**　海市

はじまってしまひしいくさ蜃気楼　松・平15
海市に非ず建物の上に船　弾・平23

## 地理

**山笑《やまわら》う**

松下宏民氏
山笑ひ初むるけはひの風なるよ　滝・昭58
祝　横山節子さん
足柄山の大いに笑ふめとりかな　滝・昭60
山笑ひ海もほほゑむ新居かな　お・平元

山笑ふなり山彦を返しては　弾・平25

**焼《やけ》野《の》**　末黒野

末黒野のむかうに富士の白帽子　滝・昭58

**春《はる》の水《みず》**　春水　春の泉

登山靴春の泉に濡らしけり　滝・昭61

春水や乗りたる石の少し揺れ　松・平17

**水温《みずぬる》む**

パンダ飲むコンクリの水温みけり　は・平12

河馬を沈めて東京の水温む　弾・平27

**春《はる》の波《なみ》**

悼小澤克己氏

訃報届けり春の波春の波　美・平22

**春《しゅん》潮《ちょう》**

江の島

春潮の満ちくる女神祠る穴　雪・昭52

**潮《しお》干《ひ》潟《がた》**　干潟

飛び鯊のとんとん跳ねる干潟かな　美・平21

**苗《なわ》代《しろ》**

関ヶ原苗代へ水走り込む　松・平15

## 春泥《しゅんでい》

春泥のかたまりの山登り行く　滝・昭61

べつとりと春泥パンダの足の裏　は・平12

春泥へころがり出でし馬穴かな　弾・平25

## 雪間《ゆきま》

一枝のみ桜の咲ける雪間かな　菊・平7

海を見る十国峠の大雪間　は・平12

## 雪解《ゆきどけ》

雪解水　雪解風

アイロンの切先光る雪解どき　雪・昭51

登呂

雪解水少し溜りて住居跡　滝・昭59

金沢や衿足に吹く雪解風　美・平21

## 雪《ゆき》しろ

祝山本一歩・美代子

雪代の遠とどろきに娶りの日　雪・昭56

雪代へ近づいてゆく車椅子　美・平20

## 薄氷《うすらい》

薄氷が岩を離るる山上湖　弾・平24

薄氷をつつきて鯉の真白なる　弾・平25

## 生活

**春外套《はるがいとう》**　春コート

止り木に春のコートを脱がぬまま　弾・平25

**田楽《でんがく》**

田楽やきらきらきらと雨の筋　松・平16

**目刺《めざし》**

新橋の句会のあとの目刺かな　は・平11

**蕨餅《わらびもち》**

二月堂の声明きこゆわらび餅　弾・平26

**草餅《くさもち》**　蓬餅

嫁き遅れまいぞよ蓬餅食べよ　は・平10

**雛《ひな》あられ**

しばらくを舌にとどめてひなあられ　滝・昭58

**白酒《しろざけ》**

白酒やミニスカートの膝そろへ　お・平元

白酒ののこり香のある仏間かな　菊・平9

**春燈《しゅんとう》**

スプーンに杏仁豆腐春ともし　は・平11

**春障子《はるしょうじ》**

春障子ひらけば橋のかゝりをり　松・平15

**山焼**《やまやき》　山焼く　山火

ダムとなるべき山膚を焼きすすむ　雪・昭54

西に山火はるかの北に山火かな　菊・平9

谷底へ向かふ構への山火かな　松・平15

**農具市**《のうぐいち》

爪切りの売られてゐたり農具市　弾・平23

**耕**《たがえし》　耕耘機　たがやし

耕の男の上に雲一つ　お・平元

ひたすらに一直線に耕耘機　は・平11

見えず降る雨の大地を耕せり　は・平11

赤ちゃんの瞳の中を耕耘機　弾・平25

**畑打**《はたうち》　畑打つ

畑打つやみなみにひらく峡の底　菊・平9

畑打つや夢《ゆめ》前《さき》川は大蛇行　美・平22

種《たね》蒔《まき》

南に白波種を蒔きにけり　美・平19

剪《せん》定《てい》

散髪にゆく剪定の音の中　弾・平24

若《わか》布《め》刈《か》る

若布干す

水色の洗濯ばさみ若布干す　弾・平27

茶《ちゃ》摘《つみ》

裾長の富士の淋しき茶摘かな　滝・昭60

茶を摘むや富士はいつしか雲隠る　滝・昭60

製《せい》茶《ちゃ》

茶揉み　焙炉師

茶を揉むや祈る姿勢を繰返し　滝・昭60

焙炉師の大いなる手の素早さよ　滝・昭60

茶をもんで揉んでかをりを揉込める　滝・昭60

つひに見ず茶を揉みに揉む指の先　滝・昭60

海《あ》女《ま》

海女の笛

人恋ふは女々しかりけり海女の笛　お・平元

踏青《とうせい》 青き踏む

男の歩幅女の歩幅青き踏む　美・平21

野遊《のあそび》

野遊の富士あはあはとあはあはと　美・平21

梅見《うめみ》 観梅

梅を見る面々へ枝跳ねに跳ね　お・平元

滝の裏へと観梅の径のあり　弾・平26

夜桜《よざくら》

夜桜となりてひとひらだに散らず　菊・平7

もう誰も来ぬ夜桜の背中かな　松・平15

花篝《はなかがり》

ぬばたまの髪の後の花かがり　滝・昭58

花疲《はなづかれ》

くるぶしにややの湿りの花疲れ　お・平4

長良川見おろしてゐる花疲れ　菊・平9

凧《たこ》

老人の凧少年の凧海青し　美・平20

風船《ふうせん》

風船が引つぱつてゆく乳母車　滝・昭58

不忍池風船がひとつ浮き　は・平12

## 風《かざ》車《ぐるま》

風車売

風待ちのかざぐるま売ありにけり　滝・昭58

風車売の前にて人を待つ　滝・昭58

## 石鹸玉《しやぼんだま》

しやぼん玉ゆふべとなればその色に　お・平4

石鹸玉日蓮さまの墓所近し　松・平14

わが息の七色にしてしやぼん玉　松・平17

しやぼん玉力みなぎり離れけり　松・平17

しやぼん玉夕日となつてしまひけり　松・平17

石鹸玉跼みて吹けば虹孕む　美・平20

## 鶯《うぐいす》笛《ぶえ》

ポケットにうぐひす笛をしまひけり　菊・平8

## ぶらんこ

ふらここ

ふらここに聴く犀川の堰の音　お・平5

公園の端まで駈けてふらここへ　弾・平26

**春《はる》の風邪《かぜ》**

春の風邪に泪する日や誓子逝く　お・平6

春の風邪癒さむ大《おほ》山《やま》に豆腐食べ　は・平11

**朝《あさ》寝《ね》**

朝寝して大器晩成とぞ思ふ　滝・昭58

**春《しゅん》愁《しゅう》**

春愁や辞書を翼と打ち開き　菊・平9

**大《だい》試《し》験《けん》**

消しゴムのころがり出でし大試験　松・平15

## 行事

**建《けん》国《こく》記《き》念《ねん》日《び》**　建国の日

さねさしさがみ建国の日を大霞　松・平16

**初《はつ》午《うま》**

初午の朱き柱を百くぐり　菊・平8

**雛《ひな》祭《まつり》**　雛　三人官女

雛の闇幾年振りの妻の風邪　お・平6

雛飾る大学院に行くと決め　菊・平7

雛の日の昼を烈風走りけり　松・平15
潮迅き三月三日昏るるなり　松・平15
てのひらに三人官女のひとりかな　松・平16
鏡中に三月三日の紅を引く　松・平17
雛の手の穴へと笛を差し入れる　弾・平27

## 耳《みみ》の日《ひ》

耳の日や背中に風の音がある　松・平16

## 雛流《ひなwhile》し

流し雛

岩に触れ岩をはなるる流し雛　松・平17
やはらかき土踏みしむる雛流し　美・平19

## 十三詣《じゅうさんまいり》

知恵貫い

知恵貫ひ戻りの白き傘さして　松・平16
磴のぼる十三歳の白き足袋　美・平19

四月馬鹿《しがつばか》　万愚節

人が生き返る映画や四月馬鹿　お・昭63

隆盛の像の貫禄万愚節　は・平10

春《はる》　祭《まつり》

二十年に一度の三ッ山大祭

三つ山立てて姫路の春まつり　弾・平25

涅槃会《ねはんえ》　涅槃図　涅槃

涅槃図の太陽月のごと白き　お・平2

あをあをと空あをあをと涅槃かな　お・平3

涅槃図の剝落の月冴返り　菊・平7

蛇を恐れぬ涅槃図の蛙かな　菊・平9

修二会《しゅにえ》　お松明

火のたてがみを立てお松明走る　弾・平26

良弁杉修二会の闇を聳ゆなり　弾・平26

御影供《みえいく》　空海忌

遍路《へんろ》
仏生会《ぶつしょうえ》
花祭《はなまつり》
甘茶《あまちゃ》
御忌《ぎょき》　法然忌
義仲忌《よしなかき》
実朝忌《さねともき》
西行忌《さいぎょうき》

空海忌肚から咽へ声通す　松・平16
をとこにはをとこのうれひ空海忌　美・平18
お遍路の二人の七子峠かな　は・平11
仏生会寝返りをして見せる稚《やや》　弾・平26
花祭までの一ト月定期券　雪・昭54
平らかな胸を甘茶の流るるも　弾・平24
逢ふための紅を引くなり法然忌　お・昭63
藁塚のややに崩れて義仲忌　お・平6
鎌倉にかすかな地震実朝忌　雪・昭46
袋田の滝の白妙西行忌　菊・平8
西行忌眼鏡を外し星を見る　は・平13
奥飛騨はまだ梅の里西行忌　美・平20

**利休忌《りきゅうき》**

利休忌や一枝に一花あれば足る　は・平13

**俊寛忌《しゅんかんき》**

繕ひし網の切れ端俊寛忌　美・平19

**人丸忌《ひとまるき》**　人麿忌

つばくろに篠つく雨や人麿忌　滝・昭61

**菜《な》の花忌《はなき》**

熊の肉喰らへり今日は菜の花忌　弾・平23

**立子忌《たつこき》**

立子忌は雛まつる日よ夕日差　弾・平25

**誓子忌《せいしき》**　流氷忌

夜の句座にあるや誓子の三回忌　菊・平8

山頂に帚星あり誓子の忌　菊・平8

誓子とは酒酌まざりし流氷忌　は・平12

誓子忌の西方に富士くろぐろと　松・平17

誓子忌の塗りしばかりの朱の鳥居　美・平18

誓子忌のふらここに腰置きにけり　美・平22

誓子忌の春雪の富士なまなまし　弾・平24

三鬼忌《さんきき》　西東忌　三鬼の忌

はこべらに雨のやさしき西東忌　滝・昭59
山頂は雪らし雨の三鬼の忌　滝・昭59

光太郎忌《こうたろうき》

三鬼の忌光太郎忌と雨しげき　雪・昭54
光太郎忌のみちのくに雪降れり　雪・昭54

康成忌《やすなりき》

肘張つて傘さして行く康成忌　松・平16

## 動物

猫の恋《ねこのこい》　恋猫

恋猫の船の尻へと駆け込めり　は・平11
恋猫の鈴凛々と遠くなる　美・平18

お玉杓子《おたまじやくし》　蝌蚪

おたまじやくしの頭より発止と泥煙　松・平16

泥を蹴り蝌蚪どろどろの泥に入る　松・平16

溶けてゐるかほどけてゐるか蝌蚪の紐　松・平17

蝌蚪すべて隠れてしまふ泥煙　弾・平26

**春《はる》の鳥《とり》**
**百《もも》千《ち》鳥《どり》**
**鶯《うぐいす》**

中洲へと水へと春の鳥の影　美・平21

百千鳥わが彳《た》つ上をその一羽　弾・平27

伊豆大島

島育ちなる鶯の純の声　雪・昭53

村々に入江村々にうぐひすよ　滝・昭59

うぐひすや西郷隆盛終焉地　は・平11

雨のあだし野うぐひすの鳴いてゐる　松・平16

**雉《きじ》**
**鷽《うそ》**
**頬《ほお》白《じろ》**
**燕《つばめ》**

ゴンドラの真下に雉の鳴きにけり　は・平13

胸赤き鷽来て石に立てりけり　お・平2

そよ風にほほじろの二羽ほほ寄せて　は・平12

つばくらめ　初燕

つばくらめ自画像の目は母に似て　滝・昭61

犀川の水面に触るる初つばめ　美・平21

**岩《いわ》燕《つばめ》**

岩つばめ火口に影を走らする　滝・昭59

**引《ひき》鶴《づる》**　鶴帰る

明日帰る万羽の鶴のこゑこゑこゑ　美・平22

**春《はる》の雁《かり》**

東京に残る城垣春の雁　は・平12

**帰《き》雁《がん》**　帰る雁

二階には二階の眺め雁帰る　は・平13

**鳥帰《とりかえ》る**

鳥帰る勿来関《なこそのせき》の近きかな　松・平15

鳥かへる馬の額に白き星　弾・平25

**鳥雲《とりぐも》に入《い》る**　鳥雲に

伊豆大島

この島を翔ちゆきし鳥雲に入る　雪・昭53

鳥雲に子は湘南をふるさとに　お・平5

**囀《さえずり》**

囀る

伊豆大島
囀のふちどる島に接岸す　雪・昭53

伊豆大島
出航のドラ囀を打消して　雪・昭53

不破の関高きに一羽囀れり　松・平15

囀のあかるき雨となりにけり　美・平20

山中温泉医王寺
囀や芭蕉の忘れたる杖に　美・平21

根本中堂さへづりの中にあり　弾・平23

**鳥交《とりさか》る**

長《な》良《が》川《ら》揖《い》斐《び》川合流の洲や鳥交る　松・平15

**雀《すずめ》の子《こ》**

子雀

子雀の一寸歩き畝を越ゆ　雪・昭49

湯河原城願寺七騎堂
子雀の落ちしを堂の七騎見る　滝・昭60

校倉をのぞき込みゐる雀の子　松・平17

**鳥《とり》の巣《す》**

抱卵の白鳥に馬車止まりけり　松・平17

修道院白鳩の雛孵りたる　松・平17

**巣箱**《すばこ》

蝦夷富士の裾の水辺の巣箱かな　美・平18

**桜鯛**《さくらだい》

桜鯛うろこ一枚足らざるよ　滝・昭58

**魚島**《うおじま》

初島のまへ魚島が盛り上がる　弾・平25

**鱵**《さより》

きらきらとさよりの走る駿河湾　は・平10

**鮊子**《いかなご》

いかなごやひかりて立てる御飯粒　松・平14

いかなごの載る一箸のご飯かな　美・平19

**白魚**《しらうお》

白魚汁

白魚を吸ふは月光吸ふごとし　お・平6

白魚の胎のあたりの白さかな　松・平14

みづうみの風消えにけり白魚汁　美・平18

白魚の心の臓まで白きかな　美・平19

酒愛でし祖父の遠忌の白魚汁　美・平22

**飯蛸**《いいだこ》

飯蛸の箸の先にてわらひけり　は・平10

### 栄螺《さざえ》

飯蛸や讃岐うどんはぶつかけで　弾・平27

花束と栄螺と並び置かれけり　弾・平23

### 蛤《はまぐり》

汁碗にはまぐり蝶とひらきけり　雪・昭54

蛤が舌であるくよまくらやみ　菊・平8

はまぐりや御空を占むる表富士　松・平14

### 桜貝《さくらがい》

産月のてのひらに透く桜貝　雪・昭52

菓子箱をひらけばさくら貝ひとつ　美・平21

### 田螺《たにし》

田螺鳴く

ゆるせるうそ許せぬ嘘や田螺鳴く　弾・平23

### 寄居虫《やどかり》

やどかりの宿ごと動くかなしさよ　滝・昭58

やどかりの音引きずつて進みけり　は・平11

やどかりの底までころげ落ちにけり　美・平20

### 初蝶《はつちょう》

初蝶を見失ひたる流れかな　菊・平8

蝶《ちょう》

初蝶といふ幻とすれちがふ　は・平11

初蝶も二の蝶三の蝶も白　美・平19

国東半島

初蝶や三浦梅園先生居　美・平22

髪染めし妻初蝶と戻り来る　弾・平27

てふてふや硬貨を落す募金箱　お・平4

一夜城趾よりくれなゐの蝶来たり　お・平5

てふてふや濡縁の猫目をひらく　菊・平9

八重山諸島

蝶渡るマングローブの大河口　美・平21

蜂《はち》

鼻先に焦げ臭き蜂来たりけり　弾・平26

虻《あぶ》

早池峰神社

とび来たる虻もろともに祓ひけり　お・平2

春《はる》の蠅《はえ》

みづうみを走る船中春の蠅　は・平12

## 植物

### 梅《うめ》

白梅　梅林　盆梅

岬山の最先端に梅ひらく　室津　雪・昭43

歴代の尼のすべての墓に梅　東慶寺　雪・昭48

白梅の枝がハンガーものを干す　滝・昭58

梅白し竜の姿の枝の先　二宮　蘇峰記念館　滝・昭59

日が匂ふ梅百本のふところよ　二宮　蘇峰記念館　滝・昭59

あけぼのや梅林といふ白きもの　お・昭63

あけぼのの山中に梅ひらきけり　お・昭63

梅林の白まんだらに入りゆける　お・平5

梅林を出づる銀河を出づるごと　お・平5

盆梅展窓に琵琶湖を打ちひろげ　お・平6

梅日和擦り傷ほどに雲湧きて　菊・平8

## 紅《こう》梅《ばい》

松脂の匂ふ切株梅日和　菊・平9
わが鼻は獅子鼻なるや梅の花　は・平11
梅済んであつけらかんの志布志湾　は・平11
杜《と》子《し》春《しゆん》にてあらむ梅林にたたずむは　は・平12
梅林の大盤石の匂ひかな　は・平13
白梅の影の載りたるたなごころ　松・平15
八方に梅の蕾のうすみどり　松・平17
国あれば領土ありけり梅真白　松・平17
地球のやうな白梅の蕾なる　美・平18
税のなき国ありやなし梅ひらく　美・平19
悼　天野分水氏
白梅やひとりでもどる葬のあと　弾・平24
喚声をあげて紅梅ひらきけり　は・平10
まつさきに紅梅昏れてゐたりけり　美・平20

## 椿《つばき》

紅椿　落椿　つらつら椿　玉椿

伊豆の海紅梅の径斜めなり　美・平21

荒々と椿の紅を打ち敷ける　お・平元

羽ばたくと見えて落ち来る紅椿　は・平10

駅近き街角に落つ緋の椿　は・平11

この椿みな滝壺へ落つるなり　は・平12

赤い椿白い椿遊園地の電車　は・平13

つらつら椿男が岩を攀ぢのぼる　松・平17

岩に猿椿の蜜を舐めゐたり　松・平17

壬生面の阿《お》亀《かめ》火男《ひょっとこ》紅椿　松・平17

コーヒーにミルクの渦や玉椿　弾・平25

## 初《はつ》花《はな》

初桜

初桜家の図面の線を引く　は・平13

## 枝垂桜《しだれざくら》

はつ桜風吹き抜けてゆくばかり　弾・平24

小田原 紹太寺
三方へ大きくしだれ花季近し　滝・昭59

富士の裾しだれざくらの裾へのぶ　お・平2

ゆらゆらと地球へしだれ桜かな　お・平5

揺れもせず散りもせず花枝垂れけり　菊・平9

荷を負へるごとくに花のしだれけり　松・平17

しだるるもしだれぬ花も煙雨かな　美・平19

水中へ冷えてしだるるさくらかな　美・平21

## 桜《さくら》

### 朝桜

相州大山
朝桜水のにほひのただよへる　滝・昭61

銀河濃し蕾ばかりの桜かな　滝・昭61

さくらより翼あるもの翔ちにけり　お・平4

満開の骨の白さのさくらかな　お・平5

犀川の朝のさくらのつめたかり　お・平5

誓子逝きさくらの中に鳴く鴉　お・平6

朝桜教会にして保育園　菊・平8

石割桜その花房に石の冷え　菊・平8

雪吊りにあらず淡墨桜吊る　菊・平9

淡墨のさくらや木肌岩と化し　菊・平9

夕がらすふくらんで来しさくらかな　は・平11

さくらさくら湘南電車橋の上　は・平11

青空を氷らして咲くさくらかな　松・平15

三猿の真正面のさくらかな　美・平20

湯煙を桜を夕日射し通す　美・平22

鴉来て止まる桜のくろき枝　弾・平24

雲中のさくらの濡るる強羅かな　弾・平24

あをざめて咲く真白のさくらかな　弾・平26

さくらさくらさくらをスイッチバックかな　弾・平26

## 花《はな》

花明り　花片　花の陰

花誘ふ雨をあつめし小滝かな　滝・昭59

師五千石「山開」句碑

句碑生る花の明りの登山口　滝・昭59

相州大山

椎茸を干す満開の花影に　滝・昭61

花の水海へ入りゆく濁かな　お・平2

胎にをるごと満開の花にをる　お・平4

月懸る満開の花散りもせず　お・平5

満開の花やここにも夫婦松　お・平5

花の昼加賀のあんころ餅食べる　お・平5

花を来て安宅の関の跡にイつ　お・平5

花びらの夕日をあびて冷えて来し　菊・平8

啄木の弾きしオルガン花影に　菊・平8

シリウスあかくシリウス青く花の峡　菊・平9

花の山大きく星のしだれけり　菊・平9

昼も夜も花に触れ来し女体かな　菊・平9

ひと眠り覚めれば花を見にゆかむ　は・平12

花影やピエロが鼻をつけてゐる　松・平16

吉備播磨花の山々花の河　松・平16

「河」誌に角川春樹句集『海鼠の日』評を執筆

三枚の畳を出でて花行脚　松・平17

一片も花散らぬ濠五稜郭　美・平18

MOA美術館能楽堂

長刀の巴を舞へり花の山　美・平20

ゆさゆさと余震ひとひらも花散らず　弾・平23

花いまだ西行庵への細き道　弾・平23

上野

観音堂下りて花の弁天堂　弾・平25

花三分稚児のはちまき濃むらさき　弾・平25

## 落《らっ》花《か》

花吹雪　桜吹雪　飛花

二人のベンチ一人のベンチ花明り　弾・平26
満開の花は志功のをみなかな　弾・平26
絶壁の上より落花はじまれり　雪・昭45
身の裡をとほり抜けたる落花かな　滝・昭58
東京も嫁ぐ京都も花吹雪　岡本利英さん　お・平2
胃のなかのバリウムにまで花吹雪　お・平2
清濁の水の合流花吹雪　お・平4
ひとひらのはなちりてより散りはじむ　お・平5
対岸の桜吹雪のとどきけり　菊・平8
城の濠すべて落花に埋まりたり　菊・平8
花吹雪夜は宇宙が見ゆるなり　は・平11
信号は青花吹雪はじまれり　は・平12

衣擦れの音して落花はじまれり　は・平13

おのが根の瘤にも花を降らしけり　は・平13

花吹雪ビルの全面ガラス張り　は・平13

かもめらの花とながるる隅田川　松・平15

飛花落花すべて醍醐のさくらなる　弾・平23

ポケットの鈴鳴る桜吹雪かな　弾・平25

### 牡丹《ぼたん》の芽《め》

青空をくすぐつてゐる牡丹の芽　は・平13

真紅なりけりふるさとの牡丹の芽　美・平20

### 山茱萸《さんしゅゆ》の花《はな》

山《さん》茱《しゅ》萸《ゆ》や展望台に帽子振る　は・平13

### 辛《こ》夷《ぶし》

辛夷咲きそむ彫刻の森美術館　弾・平24

### ライラック

リラの花

オランダ

リラの花リラの花娘の住める町　松・平17

リラの花餅の重さのチーズ買ふ　松・平17

躑躅《つつじ》

日光駅八潮つつじの咲けるのみ　美・平20

木蓮《もくれん》

白木蓮

白木蓮の蕾はジャックナイフなり　お・平2

藤《ふじ》

藤棚　藤房

藤棚の下藤色に冷えにけり　お・平2

藤房の発止発止と触れ合へり　松・平15

藤房のあらあらと降る甲賀かな　松・平16

抱き上げし幼に触るる藤の房　美・平19

わたつみへ垂るる八丈島の藤　弾・平26

桃《もも》の花《はな》

湘南の沖を斜めに桃の花　菊・平8

男にも乳首ありけり桃の花　は・平10

男立ち女は屈み桃授粉　弾・平25

**林檎《りんご》の花《はな》**　花林檎

一本の梢に名残の花りんご　滝・昭59

**木《こ》の芽《め》**　芽吹く

ぴしぴしと星のごとくに芽吹きたる　滝・昭58

師五千石「山開」句碑

開きたる句碑に浄めの芽吹き雨　滝・昭59

満月にからまつ林芽吹きけり　菊・平8

八方に木の芽ふくらむお下げ髪　松・平16

**蘖《ひこばえ》**

蘖に堂宇の影の伸びにけり　美・平18

**若《わか》緑《みどり》**　松の芯

若緑みどりごの目のまばたかず　美・平18

満月へついんついんと松の芯　美・平22

松の芯吉野に御所のありにけり　弾・平23

**楤《たら》の芽《め》**

楤の芽の新進気鋭摘まれけり　美・平18

**金縷梅**《まんさく》

まんさくや秀でて富士の白面　雪・昭53

まんさくの金の太毛の早雲寺　滝・昭58

**松の花**《まつのはな》

娘の立つは青春の門松の花　お・昭63

船津屋に婚の宴あり松の花　松・平15

有耶無耶に咲いてゐるなり松の花　美・平20

ポケットに自転車の鍵松の花　美・平22

**竹の秋**《たけのあき》

うすうすとあはあはと富士竹の秋　は・平13

竹の秋瀧口寺のさらに奥　松・平16

**春の筍**《はるのたけのこ》　春筍

春筍の出づるけはひの日の斑かな　松・平14

あだし野の春の筍抜かれけり　松・平16

**雛菊**《ひなぎく》

修道院の庭雛菊《デージー》の白一色　松・平17

黒歌鳥雛菊《デージー》の庭小走りに　松・平17

アネモネ
フリージア
チューリップ
ヒヤシンス
君子蘭《くんしらん》
菜《な》の花《はな》
葱坊《ねぎぼう》主《ず》
春《しゅん》菊《ぎく》

アネモネの花芯は黒し昼の月　弾・平26
フリージヤがゆれるよ風邪の瞳の中に　滝・昭60
母の遺影へ一輪のチューリップ　菊・平8
チューリップ妻の腓《こむら》に触れにけり　松・平14
消火器と水栽培のヒヤシンス　美・平18

悼　石橋まさこさん
死顔に少し触れ置くヒヤシンス　弾・平26
八丈の家は高床君子蘭　弾・平26
菜の花や額田王に会はむ　お・平4

国東半島
菜の花を抜けうなぎ屋に入りにけり　美・平18
菜の花は大日如来の色なりけり　美・平22
鈴の音に菜の花蝶と化しにけり　弾・平27
葱坊主頭でつかちなるが折れ　雪・昭54
春菊の匂ひてゐたり妻の留守　美・平19

**青麦《あおむぎ》**　麦青む

湘南の弘法麦の青みたり　菊・平8

**下萌《したもえ》**　草萌

二匹は楽し下萌に犬追ひ追はれ　雪・昭37

下積みのテトラポッドに草萌ゆる　雪・昭51

鶴の声八方すでに下萌ゆる　美・平22

下萌の土管の中の猫となる　美・平22

下萌やひらりと落ちし一硬貨　弾・平25

下萌を踏みて赤子にあひにゆく　弾・平26

**草の芽《くさのめ》**　名草の芽

ゆつくりと水動きゐてしやうぶの芽　滝・昭58

**雀隠れ《すずめがくれ》**

鎌倉のはづれの雀隠れかな　松・平14

**古草《ふるくさ》**

断崖の古草なびく稚児ヶ淵　は・平12

**若《わか》　芝《しば》**　芝萌ゆる

芝萌ゆる野外音楽堂通路　姫路市立中央公園手柄山　雪・昭38

**草《くさ》の若葉《わかば》**　草若葉

はじめての擦り傷膝に草若葉　美・平19

**紫雲英《げんげ》**　げんげ田

げんげ田の児らの大声それも暮れ　雪・昭39
げんげ濃し自殺の友の一周忌　雪・昭41
げんげ田に座しげんげ田の臍となる　お・平3
神の岩げんげ田を以て囲みけり　菊・平7
げんげ田に空触るるなり関ヶ原　松・平15
げんげ咲くこの国道に君逝けり　弾・平27

**蒲公英《たんぽぽ》**

タンポポ《オランダ》の群落を食む牛の舌　松・平17

**土筆《つくし》**　つくしんぼ

つくしんぼ津波のあとの大地より　弾・平23

つくしん坊鯛のさしみの脇にあり　弾・平25

**桜草《さくらそう》**

桜草のみ特攻の基地の跡　美・平22

**酸葉《すいば》**　すかんぽ

すかんぽを噛むや江ノ島近くなる　松・平17

**薇《ぜんまい》**

ぜんまいののの字の伸びて遺髪塚　は・平12
翁遺髪塚

伸びて揺るるぜんまい祇王祇女の墓　松・平16

**野蒜《のびる》**　野蒜摘む

野蒜摘む高野山への道の辺に　菊・平9

野蒜噛むぴりりりぴりりぴりぴつりぴり　は・平10

市ヶ谷の堤の野蒜摘みにけり　松・平16

思春期の眉となりたりいぬふぐり　お・平2

**犬《いぬ》ふぐり**

犬ふぐりなかば埋まりし力石　は・平12

蝮蛇《まむし》草《ぐさ》
二人《ふたり》静《しずか》
父子《ちちこ》草《ぐさ》
蕗《ふき》の薹《とう》

蓬《よもぎ》
春《はる》キャベツ
茅《つ》花《ばな》
片栗《かたくり》の花《はな》
蘆若《あしわか》葉《ば》
薊《あざみ》

いぬふぐり斜めばかりの吉野みち　弾・平23
まむし草雨降つて来て濡れて来て　松・平14
多摩の丘二人静にまみえけり　菊・平8
父子草母子草より小さくて　弾・平27
種牛が沈黙はこぶ蕗の薹　雪・昭56
ふきのたう受験を終へし子が戻る　お・平5
大雪山の風に冷え切る蕗の薹　美・平21
しらしらと蓬の葉裏母は亡し　は・平10
半島は翡翠の眼路や春キャベツ　菊・平7
風に雨つのりて来る茅花かな　松・平16
かたくりの群落一輪のみは白　美・平21
蘆若葉抜けて高速船となる　美・平19
牛は今反芻のとき隠岐あざみ　弾・平24

**蟒草**《うわばみそう》

森淋しうはばみ草に花咲きて　滝・昭61

**鹿尾菜**《ひじき》

ひじき干す

三浦半島　荒崎

ひじき刈る男の髪を刈るごとく　滝・昭58

岩はがすごとくにひじき採る女　滝・昭58

ひじき干す大磐石に敷き延ばし　滝・昭58

**海苔**《のり》

海苔育つ匂ひの闇のありにけり　は・平12

# 夏

## 時候

### 五《ご》月《がつ》

五月来る　聖五月

月山の五月の鴉瑠璃をおび　滝・昭59

逢ひに行く五月の奥の奥の燈に　滝・昭61

五月寒むしのつく雨の江の島は　滝・昭61

嘴と嘴合はせあふ鳩五月来る　お・昭63

厄年の厄の五月の過ぎにけり　お・昭63

城裏や五月を咲ける山桜　は・平12

八重山の五月の潮目七重八重　美・平21

聖五月ガラスのペンの先硬し　美・平22

竜の落し子のやう五月の空の雲　弾・平23

### 立《りっ》夏《か》

夏に入る

みちのくのさくらふぶきの立夏かな　菊・平8

夏《なつ》めく

風少しあるや立夏の満月に　弾・平24
夏に入る白き花咲く百人町　弾・平27
不死男先生御令室
秋元阿喜告別式場夏めきて　は・平10

薄《はく》暑《しょ》

山薄暑つるりとむけしゆでたまご　お・平4

麦《むぎ》の秋《あき》　麦秋

麦の秋音せりせりと水流れ　雪・昭53
麦のみの十畝の秋を粧へる　滝・昭58
麦秋の墓地の一坪ほどを買ふ　滝・昭58
麦の秋青きさかなの背をひらき　菊・平7
麦の秋風忽然と右手より　菊・平7
駿河より濃し甲州の麦の秋　は・平13
アンデルセンの国へ降下や麦の秋　美・平21
指二本立てれば鋏麦の秋　美・平22

叔母の通夜へと麦秋の東海道　弾・平27

小満《しょうまん》

ハンカチを敷く小満の芝生かな　菊・平8

小満の鈴のかたちの最中かな　美・平20

六月《ろくがつ》

六月のひじき筵のごとく干す　荒崎　滝・昭58

六月が牛のごとくに横たはる　滝・昭60

六月の神鹿の角濡れてをり　菊・平8

六月の白鷹山のわらびかな　菊・平9

手帳ひらくまんまん中の六月を　は・平12

六月の月山の雪ずぶりと踏む　松・平15

楓の樹液の六月をのぼる音　松・平15

芒種《ぼうしゅ》

マニキュアが光る芒種の暗闇に　滝・昭58

入梅《にゅうばい》

梅雨に入る　梅雨入り

巌頭の雨の一打よ梅雨に入る　荒崎　滝・昭58

城といふおほいなる森梅雨に入る　は・平10

くちづけのかの樹の下も梅雨に入る　美・平20

割箸の真直に割るる梅雨入かな　弾・平26

**夏至《げし》**

織り止まず夏至のゆふべの蜘蛛の糸　菊・平9

夏至の夜のをみなに水のにほひかな　菊・平9

松の実の入りしパン食む夏至の夜　松・平17

**白夜《はくや》**

白夜へとをみなの帯を解き放ち　菊・平8

白夜めくなり国際司法裁判所　松・平15

白夜航く白き巨船の中にわれ　美・平21

**晩夏《ばんか》**

婆の声ありて晩夏の阿弥陀寺　お・平3

あけぼのの消えて晩夏の浮御堂　は・平11

種牛の肩隆々と晩夏かな　弾・平23

**七月《しちがつ》**

七月を織り込めばエゾスカシユリ　優佳良織　は・平10

七月のオランダ黒《くろ》歌《うた》鳥《どり》の恋　松・平15
七月のまつかなもみぢ恐山　弾・平27
七月をたんぽぽの絮斜陽館　弾・平27

**冷《れい》夏《か》**

ダム《三保ダム》に降り雨の冷夏の続きをる　雪・昭57

**炎《えん》昼《ちゅう》**

炎昼の漢文授業チョーク折れ　雪・昭38
炎昼《早池峰山》の大いなる岩天のもの　お・平2

**短《みじか》夜《よ》**
明易し

黒猫のいのちの消えて明け易し　は・平13
アラスカへアラスカへ飛ぶ明け易し　美・平19
短夜の月山を声登り来る　美・平21

**土《ど》用《よう》**

ひたすらにするめかみゐる土用かな　お・平3
熱き茶のことさらによき土用かな　は・平13

**暑《あつ》し**

昭和長し暑し草田男逝きにけり　滝・昭58

**大暑《たいしょ》**

河童忌も不死男忌も過ぎただ暑し　弾・平25

ふるさとの大暑の駅を通過中　菊・平8

滝壺の水にぎりしむ大暑かな　菊・平9

**炎暑《えんしょ》**　炎熱

炎熱の岩に石置く草田男忌　弾・平26

**灼《や》くる**

御殿場

灼け滑走路軍用の外使はせず　雪・昭45

**涼《すず》し**　夜涼　夕涼

荒崎

潮引くと岩場涼しき小川なす　滝・昭58

トンネルに入りて涼しと目をつむる　滝・昭58

沖遠く涼しく眼遊ばしむ　滝・昭58

沖からの風の便りの涼々と　滝・昭58

沖を見る血潮涼しく沖を見る　滝・昭58

月山に近々と寝る涼しさよ　滝・昭59

湯殿山

神さびの湯さびの足の裏涼し　滝・昭59

涼々と富士湧水の鱒の虹　滝・昭59

早池峰神楽

天照神《あまてらす》舞ひて夜涼の深まりぬ　お・平2

大雄山直ぐなる磴の涼しかり　お・平2

夕涼したらこを白き飯に載せ　菊・平7

廻り堂ひと廻りして涼しかり　菊・平9

涼しかりガラシャ夫人の念持佛　は・平10

いそぎんちやく押せば涼しや水を吐く　松・平16

涼しさや肩より先は素肌なる　松・平16

羽黒山涼し塔よりも杉高し　松・平16

バンジージャンプ空中にある涼しさよ　松・平16

尻下げて亀の泳げる涼しさよ　松・平17

人魚姫のうすき尾鰭の涼しかり　美・平21

焼き杉の家並涼しき伏見かな　弾・平25

悼 村上護氏
四万十川《しまんと》の夜涼を酌みし護逝く　弾・平25

絵日記の色鉛筆の青涼し　弾・平25

## 天文

### 雲《くも》の峰《みね》

峰雲

ビーナスの肌して育つ雲の峯　雪・昭46

雲の峯双頭となるハネムーン　雪・昭46

蜜月の夜を白光の雲の峯　雪・昭46

峯雲を四方にはべらせ神代杉　滝・昭58

早池峰神社
不動明王となる早池峰の雲の峰　お・平2

峰雲の太郎と次郎播磨灘　菊・平9

峰雲の絶巓の白こころざす　美・平22

**南風**《みなみ》 南風《みなみかぜ》

椰子の実の岩窪に朽ち南風　美・平21

**白南風**《しろはえ》

姫路城　修復なり姿をあらはす

白南風へ白立ちあがる天守閣　弾・平26

**青嵐**《あおあらし》

青嵐水のおもてもうらがはも　お・昭63

水車へと落ちて行く水青嵐　菊・平8

青嵐雑巾堅くしぼりけり　松・平14

修学旅行専用特急青嵐　松・平17

スイッチバックの車掌駆け足青嵐　弾・平27

**薫風**《くんぷう》 風薫る

祝　川口登句集『書写』上梓

書写山の薫風届く思ひあり　雪・昭56

土肥

隧道をくる薫風に冷やさるる　雪・昭56

山頂の岩場薫風吹き上ぐる　滝・昭59

薫風に雪肌荒るる月の山　滝・昭59

羽黒山
薫風や玉こんにやくを串刺に　滝・昭59

残業の机上に遊ぶ薫風よ　滝・昭61

小走りの薫風小田原連歌橋　滝・昭61

風薫る鎌倉口中に飴ひと粒　松・平16

鼻欠けしハイジの像や風薫る　美・平20

薫風や両手で開く大玻璃戸　美・平22

薫風や海老透き徹り身を反らす　弾・平27

## 涼《すず》風《かぜ》

涼風《りようふう》

足柄・大雄山最乗寺
瑠璃門を入り涼風の圏に入る　雪・昭56

涼風に真向ひて矢を放ちけり　美・平21

涼風や水琴窟と耳の穴　弾・平26

## 夏《なつ》の雨《あめ》

緑雨

男あり緑雨の苔を掃いてをる　お・平2

火の山の濡れつくしたる緑雨かな　美・平20
播州の通夜に緑雨の降り出せり　弾・平27

## 梅雨《つゆ》

荒梅雨

若菜集の蝶の表紙も梅雨深し　菊・平8
荒梅雨の妻籠の宿のゐろりかな　菊・平8
大芝生横切り梅雨を横切れり　は・平10
校庭に一枚の梅雨ありにけり　は・平10
梅雨深し面の白狐の金の目に　は・平10
梅雨前の濃き磯の香でありにけり　松・平16
梅雨茫茫通夜の遺影の美貌なる　美・平18
梅雨の灯をみどりにともすわが机上　美・平21
十津川を呑み込む梅雨の熊野川　弾・平23

## 五月雨《さみだれ》

茫々の五月雨を来て押しし印　菊・平7

五月雨の湯に浮かびたる乳房かな　菊・平7

さみだれや熊野の巫女は傘ささず　弾・平23

虎《とら》が雨《あめ》

虎が雨猫もらはれてゆきにけり　お・平元

夕《ゆう》立《だち》　白雨

木の香ふり撒く早足の飛騨夕立　雪・昭51

青少年会館へ夕立を君来るや　お・平元

板橋句会
鬼の来るらむ夕立の山門に　菊・平9

姫路文学館
天窓に降る夕立の煮立つごと　は・平12

つぎつぎと白雨の水輪つぎつぎと　弾・平26

喜《き》雨《う》

喜雨すでに橋の半ばを来たりけり　弾・平23

阿修羅像喜雨を見つめてゐるやうな　弾・平23

夏《なつ》の露《つゆ》　露涼し

早池峰神社
耳あるも無きも権現露涼し　お・平2

## 夏《なつ》の霧《きり》

夏霧

夏霧や朽ち白樺は誰が墓標　富士登山　雪・昭41

月山の雪夏霧の奥に見ゆ　滝・昭59

夏霧のあとかたもなき水面かな　松・平14

## 雲《うん》海《かい》

赤岩に雲海の渦ぶちあたる　滝・昭61

雲海の上の一峰マッキンリー　美・平19

## 御来迎《ごらいごう》

御来迎急上昇の初つばめ　菊・平8

御来迎なり爺が岳蓮華岳　菊・平8

御来迎黒部湖はまだ覚めずして　菊・平8

## 虹《にじ》

いまやわが妻滝壺の虹指すは　雪・昭46

野分の墓に触れんばかりに懸る虹　お・平3

北岳や太陽囲む円の虹　菊・平6

虹のかなたやちちははもぢぢばばも　菊・平8

虹消えて暮れ残りたる赤城山　菊・平9

## 雷《かみなり》

落雷

早池峰に雷落ちし音なりき　お・平2

雷あとの湘南の海見えてゐる　松・平16

## 五月闇《さつきやみ》

五月闇会ふべき人と会はずきて　雪・昭56

黒猫の現れ出でし五月闇　菊・平9

## 五月晴《さつきばれ》

皐月晴白きは那智の滝ばかり　弾・平23

人の上を人行く棚田皐月晴　弾・平26

## 夕焼《ゆうやけ》

夕焼雲

兵庫県立姫路商業高等学校

トランペット鳴る夕焼の体育館　雪・昭38

須磨浦

何を見出でて夕焼の海を指す　雪・昭40

夕焼の余韻の黄色響きをる　お・昭63

宮島歌舞伎

鴈治郎幕に入り夕焼雲残る　は・平12

後れ毛の夕焼けてゐる近江かな　松・平16

月山に立ち鳥海《てうかい》山と夕焼くる　松・平16

ベルゲン
永々と夕焼け北欧の西の端　美・平21

## 西日《にしび》

大西日

国立西洋美術館
西日濃し接吻像の白指に　雪・昭50

土曜日の日本銀行大西日　は・平12

大西日蛇口大きくひねりたる　弾・平23

## 炎《えん》天《てん》

炎天下

炎天につばさたたまぬ鳩の死よ　雪・昭46

白熊が炎天の水平手打ち　雪・昭49

悼　秋元不死男先生
炎天の葬の終れば何もなし　雪・昭52

炎天を行くくれなゐのイヤリング　雪・昭53

炎天といふ青壁に囲まるる　滝・昭58

炎天や片膝立ての岩がある　滝・昭59

**油照《あぶらでり》**
**旱《ひでり》**

炎天へ太鼓打込む奥の院　お・平2
炎天や水かげろふの聖橋　菊・平6
炎天に水煙といふもじやもじやよ　菊・平6
炎天といふ白きもの青きもの　菊・平7
炎天や雲ある方に赤城山　菊・平9
炎天や口ゆがませて馬車を曳く　菊・平9
炎天の鳴立沢を跨ぎけり　は・平10
炎天や御骨拾はず戻り来し　美・平18
恐山
骨片のやうな石積む炎天下　弾・平27
油照人気なきかに療養所　雪・昭37
ひたすらに踊るほかなき旱かな　菊・平9

## 地理

**夏《なつ》の山《やま》**　青嶺

羽黒山
出羽青し水飴たぐる箸の先　滝・昭59

**山滴《やましたた》る**

山滴れりみどり児の双眸に　美・平18

山滴るハイジの村の掲示板　美・平20

**赤《あか》富士《ふじ》**

赤富士や小屋を十歩の尾根の岩　菊・平6

赤富士のいろ石佛に移りたり　菊・平7

**雪《せっ》渓《けい》**　氷河　万年雪

富士登山
高くはるかに雪渓光る二十代　雪・昭41

富士登山
星の王子か雪渓に動く燈は　雪・昭41

ハイヒールにて雪渓の端を踏み　雪・昭46

立山の地獄へ雪渓より降る　雪・昭46

奥穂高岳行
雪渓のうろこ人間の足跡は　雪・昭52

雪渓にグレープフルーツ一顆置く　滝・昭61

雪渓を共に登りし靴の跡　お・平2

佐藤公子句集『山恋譜』

驢馬に鞭果ての万年雪めざす　お・平2

雪渓を跳ねて飛び出て水となる　菊・平6

納骨を雪渓の富士見そなはす　は・平10

生ま生まと富士の雪渓不死男の墓　は・平10

立山連峰雪渓の襞水の襞　松・平15

太陽や氷河の上を水走る　美・平19

植村直己眠る氷河やわが機影　美・平19

雪渓をつまみし指の汚れかな　弾・平25

## お花畑《はなばたけ》

お花畑父と子の間を走る霧　お・平2

早池峰山

羽音聴くお花畑に目をつむり　菊・平6

特急のお花畑に停まりけり　美・平20

卯《う》波《なみ》

足音のお花畑に残りけり　美・平21

由比ヶ浜七里ヶ浜の卯波かな　菊・平9

「不如帰」と深く彫られて卯波立つ　菊・平9

ひたぶるにあるく女に卯波かな　菊・平9

軍港の卯波を堰きてありにけり　菊・平9

烏帽子岩ひときは高き卯波かな　菊・平9

夏《なつ》の潮《しお》

夏潮

夏潮の真正面の屋島かな　お・平4

夏潮を打ち砕きたる乳房かな　菊・平7

壇の浦底の底まで青葉潮　菊・平7

青葉潮《あおばじお》

青葉潮小渦つぎつぎつぎつぎと　は・平11

代田《しろた》

大原の透明の水代田《しろ》へ引く　お・平2

植田《うえた》

象潟の植田は湾のごと凪げり　お・平元

能舞台のごとく植田のしづかなり　お・平3

多賀城趾に続く植田を広げたる　お・平4

植ゑし田の一苗一苗風が撫づ　菊・平8

ひしひしと富士へかがやく植田かな　菊・平8

富士見ゆる武蔵も奥の植田かな　菊・平9

隠岐

港まで植田の蛙聴こゆなり　弾・平24

## 青田《あおた》

青田風

悼　義祖父

金銀の葬花を鳴らす青田風　雪・昭49

婆ひとりのみの遠野の青田かな　お・平2

まつすぐに吉備の青田を郵便夫　は・平12

旧金木村

青田青田青田を津軽の水走る　弾・平27

## 泉《いずみ》

水中に泉の泡の影のあり　弾・平23

## 清水《しみず》

早池峰神社奥の清水に手を浸す　お・平2

## 滴《したた》り

壁面の滴りつくりティールーム　雪・昭52

しとどの岩屋

したたりの裾に百置く岩屋仏　雪・昭56

しとどの岩屋

滴りや目鼻滅びて石不動　雪・昭56

滴れり蝦夷も奥処の涙岩　は・平10

滴りの鼓動を受くるわが鼓動　は・平13

## 滝《たき》

滝壺　滝道

落下する白糸すべて滝なるよ　雪・昭49

日光

大滝の翼の中を小滝落つ　雪・昭51

台風接近の洒水の滝

棒立の濁流として滝はあり　雪・昭57

足柄　夕日の滝

滝を見る喉の仏を滝に見せ　滝・昭58

滝なせる水の裏側寂かなる　滝・昭58

担ぎあぐるや滝水の樽神輿　滝・昭58

滝壺はカットグラスのごとくある　滝・昭58

滝つぼを出る尋常の水となり　滝・昭58
滝といふ水の大塔ありにけり　お・平元
乳房屹立滝径を登るとき　お・平2
滝壺の底の底まで動く水　お・平2
ゆつくりと水の色消え滝となる　は・平11
黒き岩銀河のごとく滝走る　は・平12
滝の上あかるき雨の降りにけり　松・平17
雲を透き雲を抜き滝落ちにけり　美・平20
わがめがねくもりて来たり滝の前　弾・平23

## 生活

更衣《ころもがえ》
夏衣《なつごろも》
セル

更衣ネクタイの色更へて足る　雪・昭53
夏衣被てゐる埴輪なかりけり　松・平14
母も亡し父のかたみのセルを着て　お・平4

**浴衣《ゆかた》**　藍浴衣

夕風の起ちたる藍の浴衣かな　菊・平8

ゆかたの子藍の浴衣の膝の上　は・平10

藍浴衣膝柔らかに折りにけり　松・平14

おのづから手をつなぎあふ浴衣かな　美・平21

**夏《なつ》シャツ**　クレープシャツ

クレープシャツ干す鴫立庵のいま　大磯　雪・昭56

**海水着《かいすいぎ》**　水着

脱ぎし水着は一本の紅の紐　松・平14

海からの風へ逆立ち水着の児　弾・平27

**サングラス**

近づけばゑくぼ生まるるサングラス　美・平18

サングラス色のかもめとなりにけり　弾・平26

**日傘《ひがさ》**

ひらきつつ木蔭を出づる日傘かな　弾・平27

**夏帽子《なつぼうし》**
夏帽

夏帽の十余りみな遠を見る　滝・昭59
英彦山の頂に置く夏帽子　菊・平7
白は母うすべには子の夏帽子　美・平20

**衣紋竹《えもんだけ》**

黒々と衣紋竹ある窓辺かな　は・平13

**土用鰻《どよううなぎ》**

詩に痩せて土用次郎の鰻食ふ　雪・昭57
職を辞し土用うなぎを食べてをる　お・平2

**泥鰌鍋《どじょうなべ》**

不死男忌の近づく泥鰌鍋と酒　弾・平26

**夏料理《なつりょうり》**

冷しもの舌の上にてあたためる　滝・昭58

**冷奴《ひややっこ》**

われは黒妻は朱の箸冷奴　お・平5

**豆飯《まめめし》**

つやつやと豆つやつやと豆御飯　菊・平9
みどりごの素手のつかみし豆御飯　弾・平27

**葛練《くずねり》**　葛切

葛切のやうやうに暮れ来たる　お・昭63

**粽《ちまき》**

たちのぼる母のにほひの粽かな　菊・平7

**柏餅《かしわもち》**

とつぷりと暮れてより食ふ柏餅　菊・平9

重くなり来し十余《とをま》りの柏餅　は・平10

**心太《ところてん》**

夜の海を吸ふかに啜る心太　は・平10

漆黒の器すつぱし心太　は・平11

ところてん喉にさざなみ立ちにけり　弾・平24

**冷《ひや》し瓜《うり》**　冷し西瓜

冷え西瓜肉親の忌に集ひ来て　雪・昭38

**清涼飲料水《せいりょういんりょうすい》**　ラムネ

青空へ目を上げてのむラムネかな　菊・平7

少年に星が降るなりラムネ壜　菊・平8

氷水《こおりみず》

かき氷

かき氷海へ向かひて崩しけり　菊・平8

二の坂の掻き氷の旗見えて来し　松・平16

鎌倉に崩す真つ赤のかき氷　松・平17

立ちしまま食ぶるまつ赤のかき氷　弾・平26

飴湯《あめゆ》

冷し飴

伊賀上野鍵屋の辻のひやし飴　は・平12

ビール

太き雨ビアージョッキに降り来たり　は・平11

梅酒《うめしゅ》

わがために梅酒を漬けて母老ゆる　雪・昭53

冷酒《ひやざけ》

月山をまつ向に酌む冷酒かな　お・平元

新茶《しんちゃ》

今年のはややうすす味の新茶です　菊・平9

噴水《ふんすい》

噴水の消えて残りし鉄の芯　は・平11

噴水へ駆け込んで行く子の頭　は・平12

レマン湖の噴水といふ白きもの　美・平20

**夏蒲団《なつぶとん》**

夏蒲団の端に黒猫ねむりけり　菊・平9

**竹婦人《ちくふじん》**　竹夫人

竹夫人妻にとられてしまひけり　お・平4

**網戸《あみど》**

しばし座す網戸の外の濡縁に　は・平12

**ハンモック**

蹠《あしうら》にみづうみの風ハンモック　松・平17

ハンモック椰子の低きに結ばるる　美・平21

樺の木と樺の木結ぶハンモック　弾・平26

**扇《おうぎ》**　扇子

ふところの扇子すらりと抜きにけり　美・平22

**団扇《うちわ》**　渋団扇

いちばん下に置かれてゐたる渋団扇　松・平17

**扇風機《せんぷうき》**

飛騨高山

扇風機の風をいなみて面を彫る　雪・昭51

妻は留守子も留守吾と扇風機　は・平11

扇風機と向きあつてゐる招き猫　弾・平27

**風《ふう》鈴《りん》**

風鈴が夜の刻つくる療養所　雪・昭37

**打《うち》水《みず》**

水打つ

母の亡き夏なれば吾れ水を打つ　お・平4

屋上の端の端まで水打てり　松・平16

**シャワー**

ずぶ濡れの十代シャワーの水甘し　雪・昭40

**牛《ぎゅう》馬《ば》冷《ひや》す**

牛冷す

引き汐の岩窪に牛冷やさるる　隠岐　弾・平24

**田《た》植《うえ》**

田植機に斜めに苗の床を置き　菊・平8

御《お》田《た》舞《まひ》に合はせ植田となりゆける　伏見稲荷大社　美・平19

御田舞の裾裏の緋の濃かりけり　伏見稲荷大社　美・平19

長良川田植の中を流れけり　美・平20

**早《さ》乙女《おとめ》**

早乙女の着替の臀を畦に置き　は・平13

袋《ふくろ》掛《かけ》

袋掛終りし一樹聖樹めく　美・平20

誘蛾燈《ゆうがとう》

水中に揺れてゆがむも誘蛾灯　弾・平24

繭《まゆ》

教室の木箱の中で繭となる　菊・平9

糸《いと》取《とり》　糸取女

糸取女指先水に触れ冷やす　美・平19

夜《よ》振《ぶり》

鮎白く夜振りの網に懸りけり　美・平18

鱚《きす》釣《つり》

釣られたる白鱚十字に跳ねにけり　菊・平9

べら釣《つり》

早鞆のべら釣り上げし漢かな　菊・平7

烏賊釣《いかつり》　烏賊釣火

烏賊釣糸するする垂らす人差指　菊・平7

人麻呂の海西方に烏賊釣火　は・平10

納涼《すずみ》　納涼舟

燈の欠けは湾の入口納涼船　雪・昭53

**河原《かわら》の納涼《すずみ》**　川床

どさと投げ川床《ゆか》に一気に延ばす茣蓙　菊・平6

貴船川床流れの甕に花を活け　菊・平6

**船遊《ふなあそび》**　遊船

浜名湖や睡くなり来し船遊び　菊・平7

遊船に乗り込む人形焼を持ち　は・平12

船遊びアンネの部屋の窓見上げ　松・平15

**ヨット**

バルト海のまん中ヨットの帆が一つ　美・平21

**サーフィン**　サーフボード

サーフボードの切っ先海へ歩き出す　松・平16

**夏《なつ》スキー**

空色の夏スキーヤー降り来たる　滝・昭59

**登山《とざん》**　登山帽

富士登山

登山隊休む銀漢ふりかぶり　雪・昭41

三千メートルの風が攫ひし登山帽　菊・平6

暁光にきらめく八重歯登山帽　松・平17

**キャンプ**　キャンプファイヤー

暗闇に富士退けて営火炎ゆ　御殿場　雪・昭45

**サマーハウス**　海の家

六月二十七日海の家建つる　弾・平23

**プール**

プールの底のおのが影へと潜りゆく　弾・平23

**夜《よ》店《みせ》**

夜店の燈抜けて三々五々となる　姫路ゆかた祭　雪・昭43

夜店にてガラスの孔雀翅拡ぐ　平塚　七夕　滝・昭58

青々と夜店の亀に降る雨よ　平塚　七夕　滝・昭58

夜店の灯掬ひて金魚逃しけり　は・平10

夜店にて星のかけらを買ひにけり　は・平11

まつ白の竜なり夜店の飴細工　は・平12

## 花《はな》火《び》

遠花火

山峡の銀河へ花火打ち込める　滝・昭58
大輪の花火かむさる江の島に　滝・昭60
千発の花火打ち打ち湾暗し　滝・昭60
一湾にかく大枝垂れ花火かな　滝・昭60
樹氷のごと霧氷のごとく花火かな　滝・昭61
綿菓子を紡ぐ花火の消えし闇　滝・昭61
ワイングラスへ水色の花火降る　菊・平7
鏡中を花火の落ちて行きにけり　菊・平7
百匹の金の蛇飛ぶ花火かな　松・平17
花火降るをみなの肌の濡るるかに　美・平21
この席は花火半分のみ見ゆる　弾・平25
遠花火夜具とどのへてゐたりけり　弾・平26

ナイター

ナイター二軍戦椅子の背に足乗せて　お・平元

水鉄砲《みずでっぽう》

眉目寄せ水鉄砲に撃たれけり　お・昭63

金魚玉《きんぎよだま》

家の燈のゆらゆらとある金魚玉　雪・昭53

蛍狩《ほたるがり》

この先は細すぎる畦螢狩　は・平10

蛍籠《ほたるかご》

露地に入り籠の螢が騒ぎ出す　滝・昭60

螢籠夜空へ深く差し入るる　滝・昭60

漁火遠し卓上に螢籠　菊・平8

亡き母の帯解く姿螢籠　菊・平9

昆虫採集《こんちゆうさいしゆう》　捕虫網

捕虫網橋を渡りて行きにけり　弾・平27

裸《はだか》　裸子

裸子を尻より湖に浸しやる　雪・昭53

跣足《はだし》

砂流れ去るはだしの指のあひだから　菊・平8

端居《はしい》

茶柱を立ち泳がせて端居かな　は・平12

髪洗《かみあら》う

髪洗ふつららのごときちぶさかな　菊・平8

汗《あせ》

辞令とは紙切なりし汗し受く　滝・昭59

大乳房して大いなる汗の玉　お・平3

日焼《ひや》け

日灼け

母の胸に日灼けのほほを預け眠る　お・平元

昼寝《ひるね》

昼寝覚

なんとなく臍に指置く昼寝覚　菊・平8

昼寝より覚めてするめを噛みにけり　菊・平9

外寝《そとね》

屋上に外寝の空のありにけり　松・平14

## 行事

母《はは》の日《ひ》

特大の前掛母の日の母へ　雪・昭51

母の日や子は大盛りのカツカレー　菊・平9

母の日の浜昼顔の中に入る　美・平22

父《ちち》の日《ひ》

父の日の灯下似顔絵描かれをる　お・平元

父の日やオランダからの電話あり　松・平17

父の日の頭上あはあは昼の月　美・平22

原爆《げんばく》の日《ひ》

原爆忌　広島忌　長崎忌→秋

原爆忌瀬戸の小島の濃みどりよ　雪・昭50

火の色を被て能を舞ふ広島忌　滝・昭60
平塚八幡宮

原爆忌滝を見つめてゐたりけり　お・平元

美しき雲聳ちにけり原爆忌　菊・平8

指先にピーナッツの皮原爆忌　は・平10

蝶のあつまるむらさきの花広島忌　美・平22
オランダ

ベルギーの雲ひとつなき端午かな　松・平17

端《たん》午《ご》

吊橋や端午の怒濤散りぢりに　美・平18

叡山を端午の湖上より指せり　美・平19

## 幟《のぼり》

土佐人の黒一色の武者幟　菊・平9

武者幟水平線はまあるいぞ　は・平11

## 鯉《こい》幟《のぼり》

こひのぼり青天井を尾打して　菊・平7

こひのぼり肩に尾を置き降りて来し　菊・平7

うみどりの鋭き声や鯉幟　弾・平25

鯉のぼり投票所へと泳ぎ行く　弾・平27

## 武者人形《むしゃにんぎょう》

武具飾る

大いなる巻貝も添へ武具飾る　滝・昭58

畦埼玉支部創立

武具を飾りて句会へと馳せ参ず　滝・昭58

## 山開《やまびら》き

白襷きりり開山太鼓打つ　滝・昭59

紗のごとき雲を火口に山開　滝・昭61

## 鬼灯市《ほおずきいち》

青々とほほづき市の男女かな　滝・昭61

火の色の仁王ほほづき市に雨　滝・昭61

ほほづき市水笛吹きて吹きてけり　滝・昭61

## 祭《まつり》

祭笛　神輿　祭囃子

山の燈を一滴洩らす祭あと　雪・昭54

祭笛揚げしてんぷら山と積み　菊・平8

膕《ひかがみ》のかがやいてゐる祭かな　松・平17

賽銭箱移して祭準備かな　美・平19

水ぐいと呑みて神輿へ戻りけり　美・平20

祭笛玻璃戸ひらけば人声も　弾・平24

明日舁《か》く御輿の前にどかと酒　弾・平25

乳母車祭ばやしの方へ押す　弾・平26

七月二十四日正午　大祭終了

大祭の終りし恐山に着く　弾・平27

## 葵《あおい》祭《まつり》

賀茂祭

かの栗毛ことに荒るるや加茂祭　弾・平25

**三船祭**《みふねまつり》

嵐山扇流るる祭かな　弾・平25

**富士詣**《ふじもうで》

清冽や富士開山の暁を湧き　滝・昭59

**祇園会**《ぎおんえ》

長刀鉾　月鉾　傘鉾

ゆうらりと揺れて長刀鉾が来る　は・平11

月鉾の車輪青竹の上をきしみ　は・平11

傘鉾は傘一本をかるがると　は・平11

皆既月食月鉾の上にあり　は・平12

**夏越**《なごし》

茅の輪　形代流す

早池峰神社

はるばると来て早池峰の茅の輪かな　お・平2

江ノ島の高きに茅の輪くぐるかな　弾・平23

形代にわが全身の息を吹く　弾・平27

**伝教会**《でんぎようえ》

伝教大師忌

伝教大師忌蚕豆のごはんかな　お・昭63

**四万六千日《しまんろくせんにち》**

手をつなぎあゆめり四万六千日　滝・昭61
四万六千日たこやきをわかちあふ　滝・昭61

**業平忌《なりひらき》**　在五忌

在五忌や宝永火口の雪を踏む　滝・昭61

**多佳子忌《たかこき》**

多佳子忌の夜更けて薔薇に雨いたる　雪・昭54
多佳子忌の庭を動かぬひきがへる　松・平14

**桜桃忌《おうとうき》**

桜桃忌妻子忘れて何かある　雪・昭56
君よりは未だ若かり桜桃忌　滝・昭58

**光秀忌《みつひでき》**

光秀忌咲き揃ひたる夾竹桃　松・平17

**不死男忌《ふじおき》**

波あをあをと不死男忌の走馬燈　雪・昭54
蓮池に一花ひらきて不死男の忌　滝・昭58
微笑仏におもかげの似る不死男の忌　お・平元
不死男忌の一灯のほのすずしさよ　お・平2

雲を追ふ雲のさびしや不死男の忌　お・平5

不死男忌の午後四時を雨降り来たり　は・平13

不死男忌や砂を鳴らして潮満ち来る　松・平16

不死男忌の鳩夕焼へ首伸ばす　美・平18

不死男忌の青山椒を摘みにけり　美・平20

恐山のいたこよ明日は不死男忌よ　弾・平27

草田男忌《くさたおき》

草田男忌篩の下に積る土　弾・平27

## 動物

袋角《ふくろづの》

袋角に日を溜めて地を舐めてゐる　お・昭63

蝙蝠《こうもり》　蚊喰鳥

蚊喰鳥衣擦れの音したりけり　お・平4

蝙蝠や足柄山のまだ見えて　松・平17

雨蛙《あまがえる》

雨蛙岩の色して鳴きにけり　は・平13

**河鹿《かじか》**

かの石に河鹿の声の湧き続く　美・平22

河鹿鳴き止めり四万十川の闇　美・平22

**山椒魚《さんしょううお》**

泳ぐともあゆむとも山椒魚進む　松・平17

**蠑螈《いもり》**

ゆつくりとゐもり泳げり南谷　松・平16

**守宮《やもり》**

子守宮《やもり》の薔薇の小枝に死にてをり　は・平10

**蜥蜴《とかげ》**　瑠璃蜥蜴

故城のとかげ千年の土のいろ　お・平2

奥入瀬や岩に一匹瑠璃蜥蜴　菊・平8

**蛇《へび》**

岩頭に一匹の蛇晴れ渡る　は・平13

蛇愛づる少女蛇を打つ少年　美・平20

**蛇衣《へびきぬ》を脱《ぬ》ぐ**　蛇の衣

目も口もきらりきらりと蛇の衣　弾・平24

**蝮《まむし》**　蝮蛇

一升瓶に蝮蛇の貌の浮いてをる　お・平元

**羽抜鳥《はぬけどり》**

海鳴りや何より逃ぐる羽抜鳥　お・平5

**時鳥《ほととぎす》**

ほととぎす出羽山中に塔ひとつ　お・昭63

ほととぎす一本杉となりて鳴く　お・昭63

比古山の水かんばしきほととぎす　菊・平7

**郭《かっ》公《こう》**　閑古鳥

郭公の鳴けばなくほど富士孤峯　雪・昭57

かんこどりほほに淋しき湖明り　滝・昭58

郭公の谺返しのこだまかな　お・平2

**青葉木菟《あおばずく》**

青葉木菟青葉の色にねむりけり　美・平19

**老《おい》鶯《うぐいす》**　夏鶯　乱鶯

黒部湖の夏うぐひすの木霊かな　菊・平8

ここよりは溶岩《ラバ》ここまでは夏鶯　は・平10

乱鶯や谷《やつ》の奥には姫の墓　松・平16

夏《なつ》の鴨《かも》
通《とお》し鴨《がも》
鳰《にお》の子《こ》

夏《なつ》燕《つばめ》
鯰《なまず》
山女《やまめ》
金魚《きんぎょ》
初鰹《はつがつお》

鯖《さば》
飛魚《とびうお》

乱鶯の鎌倉宮となりにけり　弾・平27
みづうみの色の境を夏の鴨　は・平12
通し鴨一羽より見ず一羽なり　お・昭63
鳰の子の浮かびて水面走りけり　お・昭63
ずんずんともぐる鳰の子まだもぐる　松・平14
フィヨルドのさらに奥へと夏つばめ　美・平21
木の影へなまづひらひら入りにけり　松・平17
山女飼ふ一軒家なり山女焼く　は・平13
帰郷以後金魚一匹減りしのみ　雪・昭40
初かつを半身を買ひて戻りたる　松・平16
仮の世の初鰹なり食らふべし　弾・平23
鯖焼くや麻原彰晃逮捕さる　菊・平7
飛魚の八丈島より高きかな　菊・平8

飛魚の飛び込んで行く大落暉　菊・平8

飛魚のくさやといふを噛みしむる　菊・平8

とびうをの胸鰭太き紺の筋　美・平21

飛魚の沈まず沈まず波の果　美・平21

### 虎魚《おこぜ》

おにをこぜ徹頭徹尾おにをこぜ　お・平元

目のつぶらなり剥製の鬼虎魚　菊・平8

父の日の水族館のおにをこぜ　弾・平25

### 鱧《はも》

祭鱧

鱧を食ぶ水の流るる上に座し　菊・平9

祭鱧草履を脱ぎて運びくる　弾・平26

### 穴子《あなご》

穴子鮨下宿ぐらしの吾子連れて　菊・平9

### 鰻《うなぎ》

うなぎ食ぶ弁天さまに詣で来て　は・平11

### 蟹《かに》

荒崎

岩に座し聴く岩の声蟹の声　滝・昭58

蟹の目を伸ばして吾を見つめたり　菊・平9

わが手より湖水へ走り出せる蟹　松・平14

## 船《ふな》虫《むし》　舟虫

座す吾れを岩と寄り来る舟虫よ　荒崎　滝・昭58

城ヶ島の舟虫の髭長きかな　お・平5

舟虫に老といふもののなかりけり　お・平5

## 水《く》母《らげ》

水母湧く三橋敏雄は今陸に　菊・平8

頰に砂水母に刺され泣き寝入る　菊・平9

## 夏《なつ》の蝶《ちよう》　夏蝶　からすあげは

垂直に夏蝶登る火口壁　滝・昭59

火の色の夏蝶火口より来たり　滝・昭59

瑠璃揚羽来る木洩れ日の潦　滝・昭59

くれなゐの溶岩踏めば翔つ夏の蝶　滝・昭61

からすあげはその影翔けて来たりけり　お・平元

**毛虫《けむし》**

山門を入る瑠璃揚羽つるみつつ　お・平4

ひたすらに毛虫の走る石の上　弾・平25

**尺蠖《しゃくとり》**　尺取虫

天山の尺取虫をてのひらに　お・平2

**七節虫《ななふし》**　七ふし

七ふしの一本の足欠けてをる　お・平2

**蛍《ほたる》**　蛍火　ほうたる　初蛍

水を吹き螢の大き火を創る　滝・昭60

ほたる火をはなちて腕冷えにけり　お・平4

ほたる火に照らされ指紋流れ出す　お・平5

滝の上少し照らせるほたるかな　菊・平6

滝の中螢の落ちてゆきにけり　菊・平6

杉襖ほたる襖となりにけり　菊・平7

## 鍬形虫《くわがたむし》

ほうたるの照らす畳や雨の音　菊・平7

ほうたるのにほひとも黒髪の匂ひとも　菊・平8

ほたる火の冷えゆきわたるまなこかな　菊・平9

ほうたるやはがねのやうな水の上　は・平10

暮れ切つて元気潑剌初螢　は・平11

はつほたる白き粉吹く竹の幹　は・平13

ほうたるの暗闇に手を泳がする　松・平17

くらやみをこぼれ落ちたる螢かな　美・平19

螢火のほのくれなゐの残像よ　美・平22

ほうたるの闇は河鹿の闇にして　弾・平24

螢火の消ゆる時なりみな消ゆる　弾・平24

紺碧のままの螢の夜となる　弾・平27

くはがたの角以てわれを測りゐる　松・平17

**金亀虫**《こがねむし》　黄金虫

黄金虫雪渓といふ死処得て　滝・昭61

**落し文**《おとしぶみ》

哲学の道の流れに落し文　は・平12

**水馬**《あめんぼ》　あめんぼう

水止まれとまれとあめんぼうがとぶ　雪・昭57

末流のはづれのはづれあめんぼう　滝・昭58

湧玉の水甘ければあめんぼう　滝・昭59

**蟬生る**《せみうまる》

蟬の穴いづれも日陰ばかりなる　滝・昭61

大きさのちがふ二つの蟬の穴　美・平19

**蟬**《せみ》　蟬時雨　初蟬　油蟬

ぢいさまが逝きばばさまに蟬時雨　雪・昭49

江の島

蟬時雨はじまる島の日の出前　雪・昭54

彰義隊墓所より蟬の飛び来たり　は・平11

夜の蟬の鳴ける下にて遊びけり　松・平14

初蟬の鳴立沢となりにけり　美・平18

落蟬のてのひらに声発しけり　美・平19

百態の石置く石屋蟬時雨　弾・平25

婚あげし座敷に今も蟬の声　弾・平26

われら披露宴の邸　文学館内に四十三年前のままあり

網戸よりほろりと落ちしあぶら蟬　弾・平27

## 空《うつ》蟬《せみ》

空蟬のつややかなるを見て飽きず　は・平10

空蟬や姿に出づるこころざし　は・平10

空蟬となりて完全無欠なる　は・平12

空蟬の背中刃物の臭ひかな　弾・平26

## 蜻蛉《とんぼ》生《うま》る

まだ飛べぬ羽化を果たせし鬼やんま　松・平16

## 糸蜻蛉《いととんぼ》

伏流の吹き上ぐる砂糸とんぼ　は・平12

恐山みな瑠璃色の糸蜻蛉　弾・平27

川蜻蛉《かわとんぼ》　鉄漿蜻蛉

鳥羽殿の離宮のからすとんぼかな　菊・平9

女人高野おはぐろとんぼ生まれけり　は・平12

蠅《はえ》

オランダの宿一匹の蠅とゐる　松・平15

孑孓《ぼうふら》

孑孓《ぼうふら》の逆上がりしてのぼりくる　弾・平23

ががんぼ

ががんぼの部屋中の灯をめぐり来し　美・平18

蠛蠓《まくなぎ》

まくなぎに暮色あつまるとき通る　雪・昭41

木曾殿の墓にまくなぎ立ちにけり　は・平11

優曇華《うどんげ》

優曇華や一直線の飛行雲　菊・平7

うどんげの奇奇怪怪の柱かな　は・平11

蜘蛛《くも》　蜘蛛の子

大佛の破顔一笑子蜘蛛散る　は・平13

蜈《む》蚣《かで》　百足虫

頭のあかき伊豆の奥処の百足虫かな　は・平13

蝸牛《かたつむり》　かたつむり

木の橋に生まれ木の色かたつむり　雪・昭52

伸び切つて殻動き出すかたつむり　菊・平8

かたつむり人生長くなりしかな　菊・平9

波音のあるかなきかに蝸牛　松・平16

チューリンゲンの森の大きなかたつむり　弾・平24

桑の葉の裏に小さきかたつむり　弾・平26

大工来てかたつむり手に載せにけり　弾・平27

夜光虫《やこうちゅう》

夜光虫舟が動けば動き出す　弾・平24

## 植物

余《よ》花《か》

山頂は余花秀次の城の址　松・平16

ひとひらの余花滝壺へ散りゆけり　松・平17

## 葉《は》桜《ざくら》

葉桜やアスレチックの綱に泥　滝・昭58

葉桜の影を踏みしめ納骨へ　師　上田五千石　は・平10

## 薔《ば》薇《ら》

薔薇園　山椒薔薇

百の薔薇封じて棺を閉ざしけり　雪・昭37

薔薇に雨接吻すらもなく過ぎし　雪・昭41

御殿場線薔薇垣の駅徐行して　雪・昭51

ばらの門入れば六軒長屋なる　滝・昭58

青き蕾や薔薇垣の花影に　菊・平7

薔薇のかなたに新宿の摩天楼　は・平10

万年筆の工場囲み薔薇満開　松・平14

白薔薇のアーチ雨粒のアーチかな　松・平17

黄の薔薇のことさらに散りゐたりけり　松・平17

山椒薔薇の大枝揺るる水面かな　松・平17

薔薇の門くぐりて騎士の顔となる　弾・平23

一輪の薔薇捺印のごとひらき　弾・平27

### 牡《ぼ》丹《たん》

ぼうたん　白牡丹

ぼうたんの紅のきはみのくらさかな　滝・昭60

姫路城
ぼうたんの百のしづもる雨の底　お・平5

生きてゐるかぎり青春白牡丹　美・平20

### 紫陽花《あじさい》

紫陽花や一言いふをとどまりぬ　は・平11

祝　佐藤公子
まどかなる白あぢさゐの華甲かな　松・平16

あぢさゐにかこまれてゐる四畳半　美・平21

水攻めのやう水色のあぢさゐは　美・平21

土牢の前あぢさゐの毬低し　弾・平27

### 花《はな》橘《たちばな》

橘の花

百日紅《さるすべり》
梔子《くちなし》の花《はな》
金雀枝《えにしだ》
泰山木《たいさんぼく》の花《はな》
額《がく》の花《はな》
夾竹桃《きょうちくとう》

一笑塚にたちばなの初の花　お・平5
花たちばな能舞台より見下ろせり　美・平18
思春期の肋の窪み百日紅　お・平5
くちなしの一輪の香をポケットに　は・平13
阿夫利嶺のあはき金雀枝月夜かな　松・平17
青空を泰山木の花へ盛る　お・平5
中年や泰山木の花に錆　お・平5
雨脚の泰山木の花にあり　菊・平7
遠き嶺のごとくに泰山木の花　は・平10
額の花暮れ切る前の水の色　は・平13
夾竹桃太陽老ゆることのなし　雪・昭51
広島
夾竹桃真白に爆心地の中心　雪・昭53
矢内原伊作邸夾竹桃真白　お・平4

凌霄《のうぜん》の花《はな》
のうぜんかずら

伸びやか《フランクフルト》にゲーテ生家の凌霄花　弾・平24
凌霄花《立ち机》ゲーテは立ちて詩を書けり　弾・平24

栗《くり》の花《はな》

栗の花くぐるよ肩を引き寄せて　滝・昭61
しだれ栗の花の下なる暗さかな　菊・平8

青《あお》梅《うめ》

青梅の尻一すぢの朱が走る　滝・昭61
青梅の落ちて大きな傷を得し　滝・昭61
足柄の青梅をもぐ手首かな　松・平17

青胡桃《あおくるみ》

青胡桃《オランダ》たてがみ立てて立つ白馬　美・平22
グリム《ハーナウ》兄弟生まれし街や青胡桃　弾・平24

青葡萄《あおぶどう》

住所録に書き足す一人青ぶだう　弾・平26

木《き》苺《いちご》

摘めば湧くなり木苺のそこここに　菊・平7

桜桃《おうとう》の実《み》
さくらんぼ

未だ細き最上川なりさくらんぼ　菊・平9

さくらんぼ心音のみの子を宿す　松・平17

枇《び》杷《わ》

枇杷の種枇杷の皮ある白磁皿　弾・平25

夏《なつ》木《こ》立《だち》

みどり児に大いなる夏木立かな　美・平18

夏木立その影に入り指す梢　弾・平26

新《しん》樹《じゅ》

出勤や町は新樹の日曜日　菊・平7

東京の新樹の中の神田川　菊・平9

若《わか》葉《ば》

若葉雨

小岩井農場

若葉雨仔山羊は牧の外に鳴く　雪・昭56

阿部いく子来て江の島は若葉雨　滝・昭61

若葉寒むペチカに近く近く座す　松・平17

枚方市香里ヶ丘

若葉若葉いてふの乳房かくれなし　弾・平27

青《あお》葉《ば》

ピアノレッスン青葉の奥に点燈し　雪・昭40

師五千石「山開」句碑
時ならぬ青葉雫の痛打かな　滝・昭59

稚《ち》児《ご》落《おと》してふは青葉の奈落なる　菊・平7

**新緑《しんりょく》**

緑　緑さす

新緑の播磨の奥処火を焚ける　お・平5

みどり滴る岩にめがねを置く湯かな　菊・平7

肩打ちし湯の新緑へ飛び散れり　菊・平7

みどり差す久女墨跡乱れなし　菊・平7

山形市
みどり滴る街や煉瓦の時計台　松・平15

みどり子の蹴る新緑の出湯かな　美・平18

まみどりのさねさしさがみ北窓に　美・平18

緑滴る隠岐へと船の戻りくる　弾・平24

**万緑《ばんりょく》**

白熊の白万緑に耐へゐたる　雪・昭52

長男清隆誕生
万緑に生まれて赤き声を張る　雪・昭52

奥湯河原温泉
万緑や対岸にとぶ湯の男声　雪・昭56

万緑をつきぬけて岩登攀す　滝・昭59

万緑や相模・武蔵の境なく　滝・昭59

万緑を海へ引きゆく雄物川　お・平元

万緑や大文字のみうすみどり　菊・平7

万緑をごほごほごほと登窯　菊・平9

万緑の出羽さびさびと水流れ　菊・平9

万緑や源泉の湯に日のとどき　菊・平9

万緑の湘南の丘まつ赤なシャツ　は・平12

腕を上げ万緑の枝つかみけり　は・平12

ノルウエー
ノルウェーの万緑のやや暗きかな　美・平21

## 木下闇《こしたやみ》

下闇

足柄・大雄山最乗寺
千年の杉十《とを》余《ま》りの下闇よ　雪・昭56

## 緑《りょく》蔭《いん》

早池峰神社
千年杉の木下闇なる水の音　お・平2

箱根路の大木下闇小木下闇　お・平3

遊園地の踏切の鳴る木下闇　松・平16

走り根と走り根絡む木下闇　美・平22

回転木馬緑蔭に母がゐて　松・平14

緑蔭に入りネクタイをはづしけり　松・平16

悼　村上護氏
五羽のチャボ大緑蔭を歩みけり　美・平20

君送る白雲木の緑蔭に　弾・平25

## 常《とき》磐《わ》木《ぎ》落《お》葉《ちば》

樟落葉

大山祇神社
義経の赤糸威楠落葉　は・平11

## 卯《う》の花《はな》

花卯木

卯の花や多摩の横山細き径　菊・平8

畑中にをみなが一人花うつぎ　松・平15

忍冬《すいかずら》の花《はな》　吸葛

すひかづらの花吸へといふ吸へば甘し　お・平5

桐《きり》の花《はな》　花桐

花桐のそよぐ空あり最上川　滝・昭59

桐の花大きく曲る寒河江川　松・平15

てのひらに木綿豆腐や桐の花　美・平20

朴《ほお》の花《はな》

谷あれば谷抜きんで朴の花　菊・平7

朴の花天衣無縫でありにけり　美・平18

マロニエの花《はな》

喉仏マロニエの花ゆれてゐる　お・平3

棕櫚《しゅろ》の花《はな》

金色の棕櫚の花房一の宮　は・平10

アカシアの花《はな》

アカシアの花降る富士の湧水に　は・平12

楝《おうち》の花《はな》　花樗

花あふち水は全力疾走よ　滝・昭58

**椎《しい》の花《はな》**

四《し》万《まん》十《と》川の空を濁して椎の花　は・平11

**木天蓼《またたび》の花《はな》**

雲海へ富士のまたたび花ざかり　滝・昭61

**合歓《ねむ》の花《はな》**

夜の雨の一粒至る合歓の花　滝・昭58

合歓の花愛犬富士を埋めし地に　菊・平8

**菩提樹《ぼだいじゅ》の花《はな》**

菩提樹の花散るムンク美術館　美・平21

**沙羅《しゃら》の花《はな》**　夏椿の花

湯あがりの女の立てり夏椿　美・平18

**さびたの花《はな》**

雨太き下北半島花さびた　川島朗生氏　弾・平27

**夏茱萸《なつぐみ》**

夏茱萸は日の粒新居へのみやげ　滝・昭60

**海桐《とべら》の花《はな》**　花とべら

みどり児と渡る吊橋花とべら　美・平18

**竹《たけ》の皮《かわ》脱《ぬ》ぐ**

竹皮を脱ぐや海風にははばたきて　滝・昭60

**若《わか》竹《たけ》**　今年竹

朗々と今年の竹となりにけり　滝・昭60

擢《ぬき》んでて今年竹ある豊の国　菊・平7

伊豆どこもまだへなへなの今年竹　松・平16

いづれも高し七本の今年竹　美・平21

今年竹隠岐はここにも土俵あり　弾・平24

## 杜若《かきつばた》

燕子花

一長も一短もあり燕子花《かきつばた》　は・平11

## 花菖蒲《はなしょうぶ》

菖蒲園

九十九髪とは真白の花菖蒲　お・平元

花菖蒲男の色と思ひけり　は・平11

まだだれも入りてはをらず菖蒲園　美・平18

黒松の大枝垂るる菖蒲園　美・平22

## 芍薬《しゃくやく》

いろをうすめて芍薬のひらき切る　お・平4

**向日葵《ひまわり》**

瞠目の夜の向日葵癒え近し　雪・昭37

ひまはりの花びらぺろりゴッホの耳　滝・昭61

ひまはりや濡れ縁に置く道具箱　弾・平27

**葵《あおい》**　立葵

立葵しろしスイスの空青し　美・平20

**布袋草《ほていそう》**

木の国や木桶に浮かぶ布袋草　菊・平7

**罌粟の花《けしのはな》**

罌粟の花揺らして帯を解きにけり　菊・平8

**カーネーション**

この世から軍歌の消えずカーネーション　菊・平9

カーネーション白し夜汽車の卓上に　美・平18

**睡蓮《すいれん》**

睡蓮や鯉のうしろを亀が来る　松・平16

睡蓮を背鰭の過ぎてゆきにけり　弾・平25

**百合《ゆり》**　白百合　鬼百合　山百合

山の岩老いて白百合咲かせたる　滝・昭59

百合の香や部屋のくらきにおしらさま　お・平2

早池峰神社
白百合や先頭をゆく猿田彦　お・平2
鬼百合の鬼のすがたを水鏡　菊・平7
山ゆりや出羽山中に炭を焼く　菊・平9
十本の百合を抱へて女来る　は・平12
西方に山百合群るる淡海かな　は・平12

**玉《たま》巻《ま》く芭蕉《ばしょう》**

玉解く芭蕉
玉解きて洒《しゃ》洒《しゃ》落《らく》落《らく》の芭蕉かな　松・平17

**青《あお》芭蕉《ばしょう》**

青々と芭蕉群《むら》立ち義仲寺　は・平11

**芭蕉《ばしょう》の花《はな》**

深川や芭蕉の大き花が咲き　は・平13

**南瓜《かぼちゃ》の花《はな》**

あをあをと遠野の山河花かぼちゃ　お・平2

**夕《ゆう》顔《がお》**

夕顔や峠の茶屋はすでに閉ぢ　菊・平7

**茄子《なす》の花《はな》**

眦は上げぬがよかれ茄子の花　美・平21

**馬鈴薯《じゃがいも》の花《はな》**

じやがいもの花のかこめる古墳かな　弾・平26

唐辛子《とうがらし》の花《はな》

唐辛子の花ぱつちりとぽつちりと　松・平17

独活《うど》の花《はな》

アラスカ鉄道独活の花どこまでも　美・平19

蚕《そら》豆《まめ》

そらまめをむくや一粒のみ大き　松・平14

筍《たけのこ》　たかんな

筍の髻婆が見つけたる　雪・昭54

ぴしぴしとたかんなを打つ雨なりき　お・平5

柔かき筍移す通夜の箸　お・平5

蕎麦旨し月山筍もうまきかな　松・平15

さねさしさがみ筍を積み上げて　弾・平24

蕗《ふき》　蕗の広葉

六月十一日　倉田紘文氏逝く

君逝かれけり蕗の葉の青々と　弾・平26

メロン

メロン切り分けたるあとの濡刃かな　菊・平8

茄《な》子《す》

朝市

小茄子つややか売買いづれ飛驒言葉　雪・昭51

## トマト

トマトひとつ囓りつ畑を出で来たり　菊・平9

トマト青し夕映えてなほ青し　菊・平9

## 玉《たま》葱《ねぎ》

玉葱を抜き置く醬油樽の前　美・平19

## 茗《みよう》荷《が》の子《こ》

神奈川県清川村の茗荷の子　は・平13

## 蓮《はす》

蓮の花　白蓮　紅蓮

蓮つぼみつつ月光に濡れてゐる　滝・昭58

蓮の花揺れ止むときのありにけり　お・平4

白蓮へ鯉跳ねし音ありにけり　菊・平9

はるか真中に一輪の蓮の花　は・平11

午後四時の日差しなりけり蓮の花　は・平11

百の蕾と十《とを》余《ま》りの蓮白し　松・平17

膝を抱き紅蓮の風の中にかな　弾・平23

**蓮《はす》の浮葉《うきは》**　蓮浮葉

蓮浮葉からすの声を載せてゐる　は・平12

**麦《むぎ》**　麦の穂

麦は穂に淋しきことはなかりけり　菊・平8

城跡の一本の麦熟れにけり　菊・平8

**早苗《さなえ》**　余り苗

余呉湖へと続ける水面余り苗　美・平19

西国の古墳のほとり余り苗　弾・平27

**青芝《あおしば》**

青芝やボールまつすぐ投げ返す　松・平16

**夏萩《なつはぎ》**

夏萩の石山寺の石を踏み　は・平11

夏萩にひとつぶの紅翁の墓　は・平11

**昼顔《ひるがお》**

昼顔の花沖よりも遠くに咲く　菊・平8

昼顔のつぼみの先のややひらき　菊・平9

月見草《つきみそう》
荒磯や指の高さの月見草　美・平21

著莪《しゃが》の花《はな》
しやがの花許されてよりしやくりあぐ　滝・昭61

藺《い》の花《はな》
暁光のさゆらぎもせず藺の花に　松・平16

太藺《ふとい》
太藺咲く賽の河原の水溜り　弾・平27

蒲《がま》の穂《ほ》
蒲の穂と吹かれてをればひとりなり　滝・昭61

萱草《かんぞう》の花《はな》
萱草の花のみ朱き那須野かな　は・平12

十薬《じゅうやく》
十薬や汐に錆びたる石仏　荒崎　滝・昭58
びつしりと十薬の花後鳥羽陵　弾・平24
十薬やぬるき出湯にながながと　弾・平25

虎尾草《とらのお》
虎の尾の三本白き川原かな　弾・平24

鴨足草《ゆきのした》
ばうばうと雨茫々とゆきのした　菊・平8

日光黄菅《にっこうきすげ》
荷を降すニッコウキスゲの風の中　雪・昭57

綿《わた》菅《すげ》
綿菅の綿の盛りの午後三時　松・平15

苔《こけ》の花《はな》

しとどの岩屋
苔咲くや美貌も石の観世音　雪・昭56

苔の花まつげのごとく動きけり　菊・平7

蓮華升麻《れんげしょうま》の花《はな》

霧の降る音のみれんげしようま咲く　は・平12

柳蘭《やなぎらん》

ノルウェー
また森とまたみづうみとやなぎらん　美・平21

藻《も》の花《はな》

水を跳ね出て梅花藻の花一輪　美・平19

黴《かび》

青春さらば「ツァラトゥストラ」の黴拭ひ　雪・昭49

身の底の底より黴がのぼり来る　お・平5

# 秋

# 秋《あき》

初秋《はつあき》
八月《はちがつ》

## 時候

富士登山
屋根石に星屑撒いて小屋の秋　雪・昭41

影を大きく秋の火蛾はばたける　雪・昭54

てのひらに鳴立庵の秋の蟻　美・平22

ライデン
シーボルト像つつむ初秋の白あぢさゐ　美・平22

八月の山中なれば吾子とゐる　滝・昭60

八月の水面より出て亀の貌　お・平2

八月のレモン大きく輪切せる　お・平5

杉の箸割る八月の湯の宿に　お・平5

八月の錦帯橋に雀二羽　は・平10

八月の月の琵琶湖を灯囲ひに　は・平11

乳の辺を八月の川流れけり　は・平12

八月よ風樹の歎の八月よ　松・平14

八月や宗谷の門波白かりき　松・平14
八月や女の影の土偶めき　松・平14
八月の沖を見てゐる畳かな　美・平20
八月の森を抜け来る少女の声　美・平22
待つでなく八月の朝来たりけり　弾・平23
オランダの八月幼とまづ握手　弾・平23

## 立秋《りっしゅう》

秋立つ

足柄・大雄山最乗寺
秋立ちしばかりの滝を落しけり　雪・昭56
立秋のグラスに満たす琥珀光　お・昭63
立秋や旅のかばんを選りてゐる　菊・平7
立秋の島まで海猫《ごめ》の従き来たり　松・平14
おーいかもめよ立秋の船にわれ　弾・平23
山風のごときビル風秋立てり　弾・平25

## 残《ざん》暑《しょ》

秋暑し　秋暑

姫路城
秋暑し五層の城を急登す　滝・昭58

秋暑し浦上に葬あるらしや　お・平元

観覧車残暑の港抜きん出て　お・平4

残暑てふことばに負けじカレー喰ふ　菊・平9

虚子墓前にて覚えたる秋暑かな　は・平13

秋暑し筧を落つる水細し　美・平22

ひらひらと女が通る残暑かな　弾・平25

## 新《しん》涼《りょう》

涼新た

姫路城
はざまより新涼の風攻め込める　滝・昭58

平塚八幡宮
新涼の杜につづみの第一打　滝・昭60

開業す
新涼の風事務室を満たしけり　お・平2

天平の太柱涼あらたかな　菊・平9

## 処《しょ》暑《しょ》

化野や新涼の火をひとつ足し　は・平11

涼あらたなり電灯の紐の影　弾・平23

水滴を処暑の硯に落としけり　菊・平8

不死男門弟三人の処暑のビールかな　は・平12

処暑の夜の湯上りの胸拭きにけり　美・平20

白波や処暑を過ぎたる岩を引く　弾・平25

## 二百十日《にひゃくとおか》

厄日

日照雨して厄日の山河ありにけり　滝・昭60

卓上を走る厄日の山の蟻　滝・昭60

熊のごと厄日の山の風来たり　お・平5

五千石逝くや厄日の過ぎたるに　菊・平9

## 八月尽《はちがつじん》

児の尻をたたき八月果てにけり　お・平元

八月尽熱海より乗るチンドン屋　松・平15

## 九《く》月《がつ》

女ひとり九月の潮を浴びてをる　滝・昭58

鰡はねて九月の海のさびしかり　滝・昭58

きつね雨尾瀬の九月を駆け抜くる　滝・昭61

深閑と峰雲の聳つ九月かな　菊・平6

灯点すは一軒九月のバンガロー　菊・平6

## 秋彼岸《あきひがん》

抹茶碗に残れる泡や秋彼岸　お・平3

秋彼岸昨年はありし母へ参る　お・平4

秋彼岸明くる日母の忌なりけり　お・平4

雲白し秋の彼岸の入りにして　は・平11

## 十《じゅう》月《がつ》

十月のオコタンぺ湖の四葩かな　雪・昭57

十月の燈台レンズ透明よ　滝・昭59

紅を深めて十月の女郎蜘蛛　お・平2

ふらここに十月の空降りて来し　お・平5

カヤックの男十月の奥利根を　菊・平9

十月や真つ白のもの編んでゐる　は・平10

十月の壱岐にひろへり桜貝　は・平13

十月の白玉なれば噛みしむる　美・平19

十月のひかりあまねし大砂丘　弾・平26

**雀蛤《すずめはまぐり》となる**

雀蛤となりて杓子に乗りにけり　弾・平27

**秋《あき》の日《ひ》**

秋没日車中に軽き遺骨抱き　雪・昭38

**秋《あき》の暮《くれ》**

秋の暮飼はれて栗鼠の食べ急ぎ　雪・昭56

湯帰りの橋の上にも秋の暮　菊・平6

**秋《あき》麗《うらら》**

北アルプス蝶ヶ岳行

秋麗の岳のかたちにテント張る　雪・昭51

**秋《あき》澄《す》む**

澄む秋のさらなる上を雲流れ　弾・平24

**爽《さわや》か**

爽涼　さやけし

爽やかに連凧の百引けば鳴る　雪・昭57

爽涼の風にふくらむ天守閣　姫路城　滝・昭58
さはやかや産土の城滝のごとし　姫路城　滝・昭58
爽やかにシテ「清《せい》水《すい》にてさうらふ」　平塚八幡宮　滝・昭60
能の火に金扇の朱のさやけさよ　平塚八幡宮　滝・昭60
さはやかに斧一丁の音つくる　滝・昭60
爽涼や鉄之介のみ喜雀見て　中国にて　松崎鉄之介団長　お・平2
去る時が来る爽涼の滝の前　美・平20
爽やかや京の朝餉の卵焼　美・平21
爽涼やゲーテの顔のやうな雲　弾・平24
通夜へ吹き来る爽涼の松の風　八月二十二日松崎鉄之介氏逝去　二十六日通夜　弾・平26

## 冷《ひや》やか

秋冷　冷ゆる

岩峯の秋冷つかみては登る　奥穂高岳行　雪・昭52
石人も石馬も冷ゆる他はなし　岩戸山古墳　雪・昭55

漸寒《ややさむ》
うそ寒《さむ》
朝《あさ》寒《さむ》
夜《よ》寒《さむ》
霜《そう》降《こう》

尾瀬の木道秋冷のきつね雨　滝・昭61

秋冷の尾瀬のペチカに火を入れよ　滝・昭61

ドイツ
秋冷の石の柱にキューピッド　お・平2

滝壺といふ秋冷の底の底　は・平11

秋冷や岩の羅漢にあるほくろ　は・平12

秋冷や空也の像の爪の先　松・平15

冷ややかや部分麻酔の針痛し　弾・平24

やや寒の刃先吸ひつく砥石かな　弾・平26

うそさむのいろはの筆のゐひもせず　美・平20

朝寒や母《いろは》の夢をみたるらし　美・平20

北アルプス蝶ヶ岳行
らふそくの火に幕営の夜寒増す　雪・昭51

霜降の新しき橋渡りけり　は・平10

霜降の地震《なゐ》やテレビのつけつぱなし　松・平16

**冷《すさ》まじ**

冷まじき波濤かさぬる走水　滝・昭59

悼　中尾寿美子さん

北の灘にすさまじき星君ならむ　お・平元

冷まじや淵に入り来る水の色　菊・平9

**秋深《あきふか》し**　深秋

めつむりて聞く深秋のマンドリン　菊・平7

五千石先生句碑深吉野に除幕

深秋の句碑の除幕の紐を引く　美・平18

**暮《くれ》の秋《あき》**　秋暮るる

紅鼻緒秋の暮るるを見に行かむ　菊・平8

**行《ゆ》く秋《あき》**　秋の果

秋果てのボンになすびを食べてをる　お・平2

ゆくあきや砂より出でしサングラス　菊・平8

逝く秋の水流れ落つ滝の脇　は・平11

この地震《なゐ》をもてこの秋の亡びけり　松・平16

冬隣《ふゆどなり》

応答の一語ひびきて冬隣　雪・昭57
水のなきプールの底の冬隣　は・平11
大鉈の錆びて置かるる冬隣　美・平18

## 天文

秋晴《あきばれ》

秋晴や原爆ドームと名付けられ　滝・昭58
秋晴へ胸ポケットのペンを抜き　は・平11

秋の空《あきのそら》　秋天

駅ホーム暗し秋天かぶさりて　雪・昭55
原爆館出て秋天の高し高し　滝・昭58
秋天の壺天より滝落ちにけり　お・平2
座す包《パオ》に円き秋天ありにけり　お・平2
秋天を見下す駱駝の背に乗りて　お・平2

## 秋高《あきたか》し　天高し

揖保川
秋高し牛のかたちに皮干され　雪・昭42

明神池
池碧し天の高さを深さとし　雪・昭51

鰊来ずなりし岬の天高し　雪・昭57

中国　絹の道行
天高し天に食ひ込む黄河の端　お・平2

天高し大き鯰に出会ひたる　お・平5

どんと白波留萌本線天高し　松・平17

鉄を打つ鉄のひびきや秋高し　美・平21

## 秋《あき》の雲《くも》　秋雲

吊橋の人秋雲へ歩みゆく　美・平19

秋雲のひとひらもなき窓となる　弾・平24

## 鰯《いわし》雲《ぐも》　鱗雲

きりん老ゆ日本のうろこ雲食べて　雪・昭51

いわし雲戦後生まれに戦後なし　お・平元

玉手筥からうろこ雲うろこ雲　お・平3

マンホールに入り行く男鰯雲　美・平22

いわし雲ひろがり来たり検査待つ　弾・平24

オランダの空や鯖雲ひつじ雲　弾・平24

## 鯖《さば》雲《ぐも》

## 月《つき》

月の出　十日月

国立兵庫療養所

月明の病棟もるるオルゴール　雪・昭36

月光に深眠りして死を逃る　雪・昭38

或る合宿

月光降る議論なかばの沈黙に　雪・昭39

月明に妻抱く受胎せよと抱く　雪・昭51

蟹の足喰へば淋しき月出づる　雪・昭55

月の海大流木を打ち上ぐる　お・平3

竜のごと流木上がる月の浜　お・平3

さはさはと月の移りし岬かな　は・平11

吉右衛門の武蔵や月の白鷺城　は・平11

十日月湘南の丘まだ暮れず　は・平12

松島や乳房に月の降りそそぎ　は・平12

月の見えねど松島の月あかり　は・平12

月澄むや鏡中にあるわが黒子　松・平15

まんまるに揚がる搔き揚げ窓に月　松・平16

ひまはりの実ばかりとなり月に立つ　松・平17

月明に鍵のはづるる音のして　美・平20

切通し濃き月光を踏みしむる　美・平21

盆の月琵琶のかたちのみづうみに　松・平16

## 盆《ぼん》の月《つき》

## 名月《めいげつ》

望月　満月

一山の白樺さわぐ望の出よ　雪・昭57

後《のち》の月《つき》

月満ちてグリムの黒き森照らす　ドイツ　お・平2

十三夜

十三夜はやくも湯ざめしたるかも　菊・平9

竹林のゆるるばかりや十三夜　菊・平9

サーカスの今日でおしまひ十三夜　松・平14

楠の巌のごとき十三夜　松・平16

蜘蛛の囲のまん中にあり後の月　美・平20

秋《あき》の星《ほし》

白鳥座

白鳥座銀河華やぐところなる　美・平22

星月夜《ほしづきよ》

更けてまた穂高聳ち来る星月夜　北アルプス蝶ヶ岳行　雪・昭51

廃船の胴の底まで星月夜　菊・平8

糊しろを貼りあはせけり星月夜　松・平15

## 天《あま》の川《がわ》

銀漢　銀河

筧にて銀漢の水飛騨へ引く　雪・昭51

合掌の屋根に銀漢たてかくる　雪・昭51

明日は去る飛騨の銀河の流速よ　雪・昭51

銀河よりも白き出湯に浸りけり　は・平12

西方に銀河かたむく地震《なゐ》の後　松・平16

蔵王嶺に銀河と立ちてゐたりけり　弾・平26

## 流《りゅう》星《せい》

星流る

星流れ墜つ立山の左肩　菊・平8

雲割れて星こぼれけり弥陀ヶ原　松・平15

悼　いのうえかつこ氏

北斗星流星ひとつ君ならむ　弾・平27

## 秋《あき》風《かぜ》

秋の風　金風

小樽郊外

秋風や鰊の釜も崖も錆ぶ　雪・昭57

秋風のホロホロ山に耳双つ　雪・昭57
秋風に砂丘の砂を鷲摑む　雪・昭57
秋風や岩から垂らす足二本　滝・昭60
秋風や伊藤左千夫の墓に鎛　お・平2
秋風を打ち払ひけり象の耳　お・平4
秋風やガラスの中に白き蛇　菊・平7
七里ヶ浜の秋風と乗る電車かな　菊・平7
秋風や何かを思ひ出しつつある　菊・平7
撫林を奥へ奥へと秋の風　は・平12
秋風や利尻は蛇の棲まぬ島　松・平14
水干の男の舞へり秋風裡　松・平15
松の葉の一本ごとの秋の風　松・平15
烏森口秋風の吹く耳の穴　松・平15

ももいろの洗濯ばさみ秋の風　松・平16

秋風を踏み姥石を登りけり　松・平17

黒豹咆哮秋風の檻の中　松・平17

はせを句会「花鳥諷詠塾」への途次

秋風や牛どん食ぶる廣太郎　美・平19

秋風や宇宙へひらく噴火口　美・平20

秋風裡大きな袋負ふごとし　美・平21

ヒートホルン　オランダのベニスといはれる村

今日よりは秋風一頭の山羊白し　美・平22

金風の膝に乗り来る少女かな　弾・平24

### 色《いろ》無《な》き風《かぜ》

小面を色なき風の吹きにけり　松・平14

墨磨るや色なき風の吹き渡る　美・平21

### 初《はつ》嵐《あらし》

歯朶その他ひるがへりけり初嵐　お・平元

### 野《の》分《わき》

野分中隣室の咳はげしかり　雪・昭36

接吻像見上ぐ野分に背を押され　お・平5

檳榔樹の真鶴駅の野分かな　松・平17

## 颱《たい》風《ふう》

台風　台風圏

檜山晴れ杉山も晴れ台風過　滝・昭60

台風のやぶれかぶれの傘なりき　は・平11

台風圏竹輪斜めに切りにけり　松・平16

ばうと膨るる台風の前の沖　松・平17

台風や雨一峡を横飛びに　松・平17

## 雁渡《かりわた》し

摩天楼ばかりとなれり雁渡し　弾・平26

## 秋《あき》曇《ぐもり》

秋陰

秋陰の堂の神輿に手足なし　滝・昭58

秋陰や巫女舞の巫女たむろして　松・平15

## 秋《あき》の雨《あめ》

秋霖　秋雨

一茶命終の地

「もつと光を」秋霖の倉がらんどう　滝・昭58

秋霖や足音消して鹿がゆく　滝・昭58

秋霖の霽れくるけはひ伊豆に入る　菊・平8

秋雨のなかば乾ける木肌かな　松・平14

**秋時雨《あきしぐれ》**

秋しぐれ尾鰭のながき錦鯉　弾・平23

**富士《ふじ》の初雪《はつゆき》**

新雪の富士聳ち現るる師の墓前　は・平13

富士に初雪てのひらに何もなし　弾・平23

**稲《いな》　妻《ずま》**　稲光

みごもれる身のかくれなきいなびかり　雪・昭47

いなびかり入江の奥を照らしけり　お・平元

てのひらを通り抜けたる稲光　菊・平8

はらはらとふつふつと雨いなびかり　菊・平9

いなづまのほしいままなる捨畑　美・平22

**秋《あき》の虹《にじ》**

父母の忌を一つに修す秋の虹　松・平15

## 霧《きり》

朝霧　夜霧

秋の虹濃く立ちのぼる美瑛かな　松・平17

天ヶ瀬ダム

霧巻き登る垂直のダムの壁　雪・昭40

奥穂高岳行

霧月夜テントの裡も霧月夜　雪・昭52

蓼科

白樺の一本づつが霧に入る　雪・昭53

平塚八幡宮

薪能煙は霧となり走る　滝・昭60

頂上や殊に木椅子の霧に濡れ　滝・昭60

岩の肩つかむほかなし霧痛し　滝・昭61

一条の日矢霧籠の至仏岳より　滝・昭61

一棹で出づ朝霧の筑後川　は・平13

旭川四条通りの夜霧かな　松・平17

山頂へ吹く風にのり霧がくる　弾・平26

芦ノ湖の渚のほかはすべて霧　弾・平27

## 露《つゆ》

露けし　朝露

露燈す開拓仲間四世帯　雪・昭50

或る辻に鹿と別れし露けさよ　雪・昭53

露けしや灯の点描の長崎市　お・平元

サンタマリヤの視線露けき海を見る　お・平元

十一月三日　秋元不死男誕生日

露の世は晴れて亡き師の誕生日　お・平元

露の世へ白き羽毛の降り来たる　菊・平7

踏石に茅舎の露の一粒よ　菊・平9

露けしや机上に五千石句集　は・平10

露けさの万平ホテルの紅茶かな　は・平11

露の野のふんころがしとなり行けり　弾・平23

仙台

露の灯のむかうの闇は津波跡　弾・平23

露の世の伸びたる爪を切りにけり　弾・平25

露けしやあしなが募金の女学生　弾・平26

朝露の大きくまろき湖畔かな　弾・平27

**秋《あき》霞《がすみ》**

秋霞アウトバーンを西へ行く　弾・平24

水色に秋霞して武甲山　弾・平25

**釣《つる》瓶《べ》落《おと》し**

秋の落日　秋落暉《あきらっき》

秋落暉壱岐の入江に島四つ　は・平13

理髪店出づればつるべおとしかな　松・平15

さねさしのさがみのつるべおとしかな　松・平16

## 地理

**秋《あき》の山《やま》**

赤きもの持ち秋の山下りけり　菊・平6

**野山《のやま》の錦《にしき》**

秋の錦

錦秋の古城街道騎馬を見ず　お・平2

**花《はな》野《の》**

蓼科

リフト行花野の花を足蹴にし　雪・昭54

半原・中津渓谷

垂直の花野となりしきりぎしよ　雪・昭56

踏込みし花野ひつじの頭蓋かな　お・平2

段畑の花野となりてゆく境　お・平5

割箸の右にも左にも花野　松・平15

ヒートホルン　オランダのベニスといわれる村

水郷は水の道ある花野かな　美・平22

狐めく花野をひとりくる少女　美・平22

## 刈《かり》田《た》

## 落《おと》し水《みず》

刈田まで吹かれて来たる黄蝶かな　は・平11

みちのくの伊達の郡の落し水　は・平12

落し水ときに魚影をこぼしけり　弾・平27

## 秋《あき》の水《みず》

水の秋

湿原の木の道たどる水の秋　滝・昭59

大堤防からテッセル島へ

滝千《ち》条《すぢ》たちまち秋の水となる　美・平21

水の秋一直線の大堤防　美・平22

## 水《みず》澄《す》む

大堤防からテッセル島へ
水の秋くらげの中も水の秋　美・平22

羊蹄山麓湧水
澄む水の光の隙を岩魚走す　雪・昭57

風紋の消ゆるより水澄みにけり　滝・昭58

水澄みに澄んで底まで澄みにけり　滝・昭61

貘飲みてゐる澄む水に鼻を浸け　お・平2

水澄むやなまづのひげのひらひらと　お・平4

澄む水にひとすぢの水入り来たり　菊・平6

伊豆湯ヶ島
澄む水の水車を通り抜けにけり　は・平12

澄む水に銭を洗へる真貌かな　は・平13

澄む水を鯉の生き血のひとすぢに　は・平13

先師上田五千石没後十年忌
縦横に水澄み加島五千石　美・平18

香嵐渓
澄む水に少年の足少女の足　美・平18

水澄める吉野あまたの水の神　美・平18

**秋《あき》の川《かわ》**
**秋《あき》出水《でみず》**
**秋《あき》の潮《しお》** 秋潮
**秋《あき》の浜《はま》**
**不知火《しらぬい》**
**衣《きぬ》被《かつぎ》**
**とろろ汁《じる》**

澄む水を澄むまま落す水車かな　美・平19
澄む水の澄む音立てて流れけり　弾・平27
ワイマール《イルム川》ひとすぢほそき秋の川　弾・平24
天馬駆け抜く天山の秋出水　お・平2
秋潮《壱岐》のはるかに引きて六地蔵　は・平13
秋の浜からすの嘴に白き魚　弾・平27
酒を酌まんぞ不知火を見し夜は　菊・平6

## 生活

二歳児へ押し出し見する衣被　弾・平27
とろろ汁とうろりつるべおとしの日　雪・昭56
灯の色を擂り込んでゆくとろろ汁　は・平10
子二人は東京住ひとろろ汁　は・平10

**新豆腐《しんどうふ》**

庭の紫蘇刻みて載する新豆腐　菊・平9
平成はうらなりの世や新豆腐　美・平22

**干《ほし》柿《がき》**

堂裏に柿吊しけり小倉城　は・平13

**新《しん》酒《しゅ》**

新酒かけ碑の虎模様浮きたたす　お・平元
村人に微笑仏ありほととぎす　不死男

**温《ぬく》め酒《ざけ》**

温め酒濤のくづるるばかりなり　菊・平8
老父母を持たぬしあはせ温め酒　菊・平8

**秋《あき》の灯《ひ》**　秋燈

秋燈のひとつふたつと佐渡近し　雪・昭55
田の中の一戸の秋をともしけり　雪・昭57
そば喰つて信濃の秋の燈が増ゆる　滝・昭58
秋灯下先師の読みしゲーテ読む　弾・平25

**燈火《とうか》親《した》しむ**

子と鰻燈火親しく食ぶるかな　美・平20
灯火親しく住所録書き足せり　美・平22

**障《しょう》子《じ》洗《あら》う**

亡き母の貼りし障子を洗ひけり　菊・平6

**秋《しゅう》耕《こう》**

秋耕のあたらしき畝星出づる　弾・平26

**案《か》山《が》子《し》**

目鼻なき案山子八方にらみなる　雪・昭50

案山子翁亡き師の笑みを以て立てり　は・平13

漆黒の髪の案山子の振り向かず　松・平17

案山子焼く禽獣草木燃ゆる臭　美・平19

**稲《いね》刈《かり》**

永平寺口稲刈機に立つ男　弾・平27

稲を刈る加賀から稲を刈る能登へ　弾・平27

**稲《は》架《ざ》**

夕焼稲架くぐりて消えてかくれんぼ　雪・昭57

段々に段々に稲架立てりけり　お・平元

**籾《もみ》**

籾殻焼く

籾焼いてけぶる筑後のどんづまり　雪・昭55

**豊《ほう》年《ねん》**

豊の秋

新藁《しんわら》

豊の秋鴉のゐないからすの巣　弾・平23

新藁の匂とも星屑のにほひとも　お・平元

藁塚《わらづか》

藁塚にもたれて老婆日に溶ける　雪・昭50

種採《たねとり》

日にぬくきおしろいの種採る児かな　弾・平27

牛蒡引《ごぼうひ》く

人差指添へて牛蒡を引き抜けり　松・平15

蘆火《あしび》　蘆焼

蘆焼きしあとに少しの水残る　滝・昭58

鳩吹《はとふく》

わが肺腑鳩吹く風の中にあり　松・平16

月見《つきみ》　月を待つ

笹刈りて月を迎へる庭となる　菊・平6

亡き母のすでに座りて月を待つ　菊・平6

菊花展《きくかてん》

菊花展仕舞の懸崖はこび出す　美・平19

紅葉狩《もみじがり》

瀑声を浴びてこれより紅葉狩　は・平11

**秋思《しゅうし》**

広隆寺弥勒菩薩

秋思より深き思ひの指の先　雪・昭53

風吹くや秋思の耳のうらおもて　滝・昭59

**休暇明《きゅうかあけ》**　休暇果つ

北海の島の砂浜休暇果つ　美・平22

**運動会《うんどうかい》**

時ならぬ雲の峯聳つ運動会　滝・昭58

なんとなく腕上げてゐる運動会　松・平14

## 行事

**毛見《けみ》**　検見

おのが田を検見のごとくに見て立てる　滝・昭58

**長崎忌《ながさきき》**

杯に水を注ぐべし長崎忌　美・平21

長崎忌夜具けとばしてゐたりけり　弾・平25

**終戦記念日《しゅうせんきねんび》**　終戦日

黒部湖に溜まる流木終戦日　松・平15

終戦日スイッチバックの電車来る　松・平17

けん玉のふはりと乗れる終戦日　弾・平25

### 敬老《けいろう》の日《ひ》

なにもせず敬老の日の過ぎにけり　菊・平7

### 文化《ぶんか》の日《ひ》

民宿のふとんをたたむ文化の日　菊・平8

板切れの流れて来たり文化の日　は・平11

藤本安騎生氏邸
まむし酒頂いてゐる文化の日　美・平18

### 七夕《たなばた》

星祭

平塚　七夕
星祭露地から露地へ風の道　滝・昭58

星契る笹の葉騒のあるばかり　美・平21

### 梶《かじ》の葉《は》

梶の葉を筆ののびのびと走りけり　美・平18

### 佞武多《ねぶた》

赤き赤きねぶたの闇となりにけり　松・平14

ねぶた笛息つぐときにひかりけり　松・平14

ぬばたまのねぶたのあとの真の闇　松・平14

## 盆《ぼん》

新盆　盆過　初盆

ゆつくりとまはる新盆の灯籠が　お・平4

新盆の終りし母の遺影かな　お・平4

大空へ仰向けに鳴く盆の蟬　菊・平9

奈良太郎盆の真昼を聳えけり　菊・平9

盆の松なれどもみどり滴れり　菊・平9

晴れてゐて雨降る盆の箱根かな　は・平10

盆過ぎの草ばかり打ち捕虫網　は・平11

盆の激湍たちまちに青くなる　は・平12

色深き湖を抜け来て盆の風　は・平12

雨の盆巴ヶ淵の濁りたり　松・平17

白ばかりなり初盆の花なれば　美・平19

## 生御魂《いきみたま》

生身魂

## 大文字《だいもんじ》

生身魂畳へ諸手つかれけり　松・平14

生くるとは水を飲むこと生御魂　弾・平25

大文字火にくろぐろと高瀬川　菊・平9

大文字消えたるあとの柳かな　美・平21

## 燈籠流《とうろうながし》

流燈

流灯のひとかたまりのにほひけり　お・昭63

灯籠を流して水に触るる指　弾・平27

## 踊《おどり》

盆踊　踊の輪

一夜かぎりの明るさ燈し盆踊　雪・昭38

盆踊終りて暗き露路戻る　雪・昭47

またひとりほどけて消えて踊の輪　菊・平8

西馬音内

目ばかりの彦三頭巾や手が踊る　は・平12

西馬音内

彦三頭巾ふいつと踊外れにけり　は・平12

西馬音内　かがり火に水かけ踊果つるかな　は・平12

西馬音内　うらわかき亡者踊の指の先　美・平20

江の島　島の高きに登りてまみゆ女身仏　雪・昭57

### 高《たか》きに登《のぼ》る

### 地芝居《じしばい》

村芝居

わたつみに向き地芝居のはじまれり　美・平22

くるぶしを見せて人斬る村芝居　弾・平24

### 秋《あき》祭《まつり》

ふるさとはいつも青空秋祭　菊・平9

大《おほ》山《やま》は秋祭なり朱き橋　松・平15

青シート掛けられ秋祭の神輿　松・平15

### 地蔵盆《じぞうぼん》

地蔵盆菩薩の杖の黒光り　は・平13

雲中の火星の見ゆる地蔵盆　松・平15

地蔵盆風の奥より風が来る　美・平20

### 万聖節《ばんせいせつ》

万聖節の園に紅ばらほつほつほつ　お・平2

**南部火祭**《なんぶひまつり》

百八燈《ひやくはつたい》　投松明《なげたいまつ》

大火焔落して終る投松明《なげんでい》　雪・昭52
山梨県南部火祭

火の色を百八挙ぐる百八燈《たい》　雪・昭52
山梨県南部火祭

百八燈かの一燈は不死男のため　雪・昭52
山梨県南部火祭

山雨来て火祭の火を涼しくす　雪・昭52
山梨県南部火祭

**世阿弥忌**《ぜあみき》

世阿弥忌の白を尽せる滝なりし　滝・昭61

**西鶴忌**《さいかくき》

密会に木の闇深き西鶴忌　雪・昭54

西鶴忌うどんに七味効かせたる　菊・平8

**五千石忌**《ごせんごくき》

田園忌

田園忌はるかに富士と秋の雲　は・平10
一周忌

五千石忌やせんせんと法師蟬　は・平13

厄日明け五千石忌となりにけり　松・平15

田園忌黒き葡萄をひたに吸ふ　松・平16

先師上田五千石没後十年忌
ひるがへる九月二日の泥鰌かな　美・平18

先師上田五千石没後十年忌
雲中の富士現れる田園忌　美・平18

片頬を五千石忌の秋の風　美・平21

竹の春五千石忌の風立ちぬ　弾・平25

新松子五千石忌のあをぞらに　弾・平27

**沼空忌**《ちようくうき》

台風の居据つてゐる沼空忌　弾・平23

**子規忌**《しきき》　糸瓜忌　獺祭忌

糸瓜忌の大きへちまの愚かさよ　雪・昭52

暑の残りかにかくありぬ獺祭忌　滝・昭58

ちちははの忌のまん中に子規忌かな　お・平4

**八雲忌**《やくもき》

八雲忌のこほろぎ土の声で鳴く　雪・昭43

## 動物

**鹿**《しか》　鹿鳴く

鹿鳴きて七里四方の島暮るる　滝・昭58

鹿食うてドイツの旅の果つるかな　お・平2

鹿鳴くや深吉野は星降るばかり　美・平18

ゐのししの鼻息濡れに檻の鉄　雪・昭57

**猪《いのしし》**

**蛇穴《へびあな》に入《い》る**

穴に入る蛇の眼の爛々と　菊・平8

蛇穴に入る丹沢の赤い土　美・平21

**渡《わた》り鳥《どり》**　鳥渡る

鳥渡り来る五千石逝きにけり　菊・平9

**色《いろ》鳥《どり》**

吉屋信子邸

色鳥や書斎の窓に日の庭に　滝・昭60

滝飛沫色鳥となり翔ちにけり　お・平4

色鳥の甕の尻より翔ちにけり　美・平19

**小《こ》鳥《とり》**

新聞紙ひらけば小鳥さざめけり　美・平22

## 燕帰《つばめかえ》る

秋燕　帰燕

秋燕群がる天の寂けさよ　滝・昭59

淋しさのかたまりとなり帰燕発つ　滝・昭59

## 稲《いな》雀《すずめ》

稲田雀

吉備路
塔を翔ち稲田雀となりゆけり　美・平19

## 鵙《もず》

鵙の高音　鵙日和

臥す母へ薬餌まゐらす鵙の朝　雪・昭37

北アルプス蝶ヶ岳行
穂高岳明け来る鵙の痦鳴きに　雪・昭51

たけやぶの鵙がすずめとなりてなく　滝・昭59

二羽の鵙鳴けば二つの天となる　お・平元

鵙高音風邪ごこちなる関節に　菊・平8

はるかにはむらさき筑波鵙の天　菊・平8

胸元に青きハンカチ鵙日和　弾・平24

**鶲《ひたき》**　尉鶲

大山の男坂なる尉鶲　お・平5

**鶺《せき》鴒《れい》**　石たたき

波の来る寸前の岩石たたき　美・平20

母逝きて十日の空や雁の声　お・平3

**雁《かり》**

雁のくるころやゆふやけぞら深み　菊・平8

**落《おち》鰻《うなぎ》**

落鰻引きあげたれば日の翳る　菊・平9

**鯔《ぼら》**

鯔のへそ食べて酔ひたる夕べかな　美・平20

**鯊《はぜ》**　鯊日和

鯊日和一寸法師釣られけり　弾・平26

**秋《あき》鯖《さば》**

秋鯖を甘きと思ふ五十路かな　菊・平8

**秋刀魚《さんま》**

寮さむく秋刀魚の焼のややたらず　雪・昭50

遺骨抱き秋刀魚の匂ひ通りけり　お・平3

この町の銀座通りや秋刀魚買ふ　お・平3

いつよりかさんまの腸を食べずなりし　お・平4

くろこげの秋刀魚の肋くらひける　お・平5

ひさびさに子と食ぶるなり初さんま　美・平21

## 鮭《さけ》

俎をはみ出す鮭の頭を切れり　お・平元

鮭縫うて鮭抜けて水走りけり　松・平17

もう先へ進めぬ鮭の鰓使ひ　松・平17

暑寒別川骨のみとなり鮭流る　松・平17

## 秋《あき》の蛍《ほたる》

谷ふかく秋の螢をゆかせけり　お・平元

山黒々水くろぐろと秋螢　松・平17

## 秋《あき》の蚊《か》

秋の蚊の音なくて来る遺影かな　お・平3

秋の蚊に動物園であひにけり　菊・平8

## 秋《あき》の蝶《ちょう》

去る母の前に後ろに秋の蝶　雪・昭36

深淵に出て秋の蝶睦み合ふ　雪・昭43

湖に出て色消えてゆく秋の蝶　滝・昭58
水の上飛ぶとき迅し秋の蝶　滝・昭61
黒き翅重し重しと秋の蝶　お・平5
秋の蝶もつるることをためらはず　は・平10
広瀬川渡れり秋の紋白蝶　は・平12
高きよりすぐに低きへ秋の蝶　は・平13
三つ巴の一羽離るる秋の蝶　美・平21
むらさきを深めて秋のしじみ蝶　美・平21
蕎麦捏ねる窓に降り来る秋の蝶　弾・平25

## 秋《あき》の蟬《せみ》

秋蟬

秋蟬のぜんまい切れてしまひけり　滝・昭59
母逝きてひととせ近し秋の蟬　お・平4
秋蟬の遠きを聴けば近く鳴く　菊・平6

竹林を遠囲みして秋の蟬　は・平11

張り換へし法事の畳秋の蟬　美・平19

## 蜩《ひぐらし》　かなかな

蜩や鳴立庵に丸き窓　菊・平7

かなかなやだあれもこない招き猫　弾・平26

## 蜻蛉《とんぼ》　あきつ　とんぼう

蜻蛉とぶダム底となる峡の底　雪・昭56
半原・中津渓谷

蜘蛛の囲にあきつの翅の二・三枚　滝・昭61

羽化しつつあるとんばうや水の音　菊・平8

五メートル程をとんぼと歩みけり　は・平10

石に来て石になりたる蜻蛉かな　は・平12

## 赤蜻蛉《あかとんぼ》

放ちやる指でつかみし赤蜻蛉　菊・平6

赤とんぼ巫女の袴を離れざる　菊・平8

滝風にはね返りけり赤とんぼ　は・平11

渚より先へは行かず赤とんぼ　松・平15

アイヌの墓は槐一本あかとんぼ　松・平17

赤とんぼあつまつてゐる無言館　美・平19

あかとんぼ留め石結ぶ黒き紐　美・平22

目も口も顔より大き赤蜻蛉　弾・平25

## 虫《むし》

虫時雨　虫の音

虫の闇松毬落ちて来たりけり　菊・平7

虫時雨ストマイつんぼのひだり耳　美・平21

宇宙へと虫の音響く岬かな　美・平21

水平らかに虫の音の平らかに　美・平22

## 残《のこ》る虫《むし》

渚より百歩に鳴けり残る虫　は・平11

## 竈《い》馬《とど》

ひげを振るいとどに火星近づけり　松・平15

## 蟋蟀《こおろぎ》

ちちろ虫　ちちろ

ちちろ虫療養日記けふ書かず　雪・昭37

ちちろ鳴く祖母の屍の低き嵩　雪・昭38

こほろぎを聴くこほろぎの顔となり　雪・昭54

ちちろ鳴くのつぺら坊の地下の壁　菊・平7

こほろぎを聞く首までを湯に浸し　菊・平8

ちちろ鳴くわがはらわたのくらやみに　松・平16

平塚　七夕

売られゐる鈴虫に雨降り来たる　滝・昭58

## 鈴虫《すずむし》

箱をひらけば鈴虫の闇消ゆる　弾・平27

## 螽蟖《きりぎりす》

ぎす

夢前川

河風のゆるみたるみにぎすの声　雪・昭42

近々と竹生島影きりぎりす　菊・平8

## 蝗虫《ばった》

きちきち　螇蚸《はたはた》

ききちの枯れて音なく翔ちにけり　お・平2
きらきらと蟚螽の飛ぶ時間かな　菊・平8
蟚螽の瓜実顔でありにけり　松・平14

蟷《とう》螂《ろう》　鎌切

蟷螂がゆく干あがりしダムの底　菊・平6
風見えてゐる蟷螂の斧の辺に　菊・平6
閂に朝のかまきり立ちてをり　弾・平23

蚯蚓鳴《みみずな》く

肩甲骨欲しやと蚯蚓鳴きにけり　松・平17

蓑《みの》虫《むし》　鬼の捨子

氏神の鬼の捨子でありにけり　松・平15
蓑虫の大きくゆれて戻り来し　松・平15
蓑　虫　と　大　国　主　命　か　な　弾・平26

芋《いも》虫《むし》

芋虫の二寸を超えてゐたりけり　松・平14

芋虫に肩甲骨のなかかりけり　松・平16

## 植物

### 木《もく》犀《せい》

金木犀

長女直美誕生
夜の木犀算盤珠を指弾き　雪・昭43

木犀の金降らしめて呱々の声　雪・昭47

祝婚　宮田勝、篤子さん
金銀の木犀の香や香林坊　お・平3

わが句集とどく木犀の香の中を　菊・平7

とほりやんせの細道金木犀匂ふ　は・平10

祝　相州大山能楽殿
金木犀匂へり能楽殿成れり　は・平12

祝結婚　長女直美
金木犀匂へば銀木犀匂ひ　松・平15

木犀の香を恥骨まで吸ひ込めり　松・平16

木犀の匂ひの中の石を彫る　弾・平24

### 木《む》槿《くげ》

白木槿

## 芙《ふ》蓉《よう》

林林中国日本文学研究会会長
むくげ白し林林先生つつがなし　お・平2
今書かば白きむくげのごときこと　菊・平9

白芙蓉　酔芙蓉

百の白咲きて芙蓉の花いきれ　雪・昭57
昼を咲く妻籠の宿の酔芙蓉　菊・平7
十一面観音さまや酔芙蓉　松・平14

## 秋《あき》薔薇《ばら》

鎌倉文学館開設
康成の稿の字太し秋薔薇　滝・昭60
人生に旬のときあり秋薔薇　弾・平27

## 桃《もも》の実《み》

白桃

白桃のあかきところをむきはじむ　菊・平9
桃の皮むくや水平線に島　弾・平23

## 梨《なし》

五千石　三回忌
飛騨の梨むきて夜に入る刻を待つ　雪・昭51
富士梨のみづみづしくも大いなる　は・平11

梨を剝く汁のしたたる山上湖　弾・平24

青蜜柑《あおみかん》

乳首ほどの青きみかんとなりゐたり　は・平13

柿《かき》

渋柿

豊年の柿山を過ぎ慈光院　雪・昭53

柿たわわ金脈付きし山の里　雪・昭55

微笑仏柿を盗むを許されよ　お・平元

十余《とをま》りの柿提げて着く山の宿　お・平5

種のなき柿食べて夜の深くなる　お・平5

柿食へば暮れ柿食へば暮るるなり　菊・平6

太郎冠者伊豆の渋柿下げ来たる　松・平17

仏壇の柿をつかみて来たりけり　美・平20

ほたほたと柿落ちてをる奥秩父　弾・平25

林檎《りんご》

西域や林檎の枝に鶏ねむる　お・平2

父の忌の仏間林檎のにほひけり　菊・平8

## 葡《ぶ》萄《どう》

羊来て林檎いろづく下を食む　弾・平23

葡萄食ふわが療養期あとわづか　雪・昭37

葡萄吸ふ妻はるかなる絹の道　お・平2

種なしの葡萄の房を軽しとも　お・平5

てのひらに天の重みの葡萄かな　菊・平9

体内にさざなみ立てて葡萄吸ふ　菊・平9

## 栗《くり》

落栗　笑栗

栗たわわ開拓村の廃校に　雪・昭50

てのひらににこにこと栗二つかな　は・平10

栗剥きし傷休日の妻の指　は・平11

尿前の関おほかたの栗落ちて　は・平12

息子

就職を決めかねてゐて栗を食む　は・平12

笑み栗の一寸の笑み落ちさうな　松・平14

石榴《ざくろ》
柚《ゆ》子《ず》
金《きん》柑《かん》
榠樝《かりん》の実《み》
紅葉《もみじ》

実朝の海へ石榴の裂けにけり　弾・平25
鬼柚子の一果を提げて雨を来し　は・平11
とろとろと煮し金柑のとおろりと　菊・平7

花梨の実

中宮寺弥勒菩薩
くわりんの実みのらせたまふほほゑみよ　雪・昭53
まだ少し青き花梨を墓に置く　は・平13
高圧線紅葉の谷へたわみけり　菊・平6

斎藤信義、良子夫妻旭川に移る
寄り添ひて蝦夷のもみぢの真只中　菊・平8
イルカに従《つ》いて紅葉一枚泳ぎ出す　菊・平8
紅葉の全山の冷えまとひたり　菊・平9
すさまじき紅葉晴とぞなりにけり　菊・平9
ひとひらも散らずに水へ張る紅葉　は・平11
紅葉晴岩ごろごろとどつしりと　美・平18

もみぢより滝現るるもみぢ谷　美・平20

**初紅葉《はつもみじ》**

姫路城
矢狭間にとどかずに蔦初紅葉　滝・昭58

朴の木のはるかの奥のはつもみぢ　滝・昭60

初もみぢ水の上には風の道　弾・平24

**紅葉《もみじ》かつ散《ち》る**

句碑〈冬桜わがたつかぎり散りてをり〉建立
わが句碑に紅葉かつ散る阿夫利山　弾・平27

**漆《うるし》紅葉《もみじ》**

杉山やうるし一本もみぢして　菊・平8

**ななかまど**

アムール虎二頭へ垂るるななかまど　松・平17

**桐《きり》一葉《ひとは》**

妻の父逝きて十日や桐一葉　美・平18

**柳《やなぎ》散《ち》る**

雲掛けて天女の柳散り尽す　お・平5

**銀杏《いちょう》散《ち》る**

湯河原
校庭の最高処よりいてふ散る　雪・昭51

いてふ降るなり倒立のあしのうら　お・平3

水中の銀杏の影へ銀杏散る　美・平21

**名《な》の木《き》散《ち》る**

菩提樹の葉が降る実が降る石の椅子　お・平2

**色変《いろか》えぬ松《まつ》**

色変へぬ松色変へぬ杉建長寺　美・平21

色変へぬ松石垣は石の色　弾・平24

**新松子《しんちぢり》**

江の口を高駆ける波新松子　松・平15

**木《こ》の実《み》**　木の実拾う

女より温き木の実を手渡さる　滝・昭58

滝壺に投げし木の実のすぐに浮き　菊・平6

木の実てふ山のかけらを拾ひけり　菊・平9

竹箒の音より木の実ころげ出る　弾・平25

**橡《とち》の実《み》**　栃の実

栃の実を拾ひてその木見あたらず　滝・昭61

**団《どん》栗《ぐり》**

どんぐりころころ休診の札掛かる　弾・平24

**椎《しい》の実《み》**

椎の実のしきりにかかる投網かな　弾・平25

**合歓《ねむ》の実《み》**

象潟の合歓の実ばかりとなりにけり　は・平12

無患子《むくろじ》
桐《きり》の実《み》
紫式部《むらさきしきぶ》
皂角子《さいかち》
山葡萄《やまぶどう》
通草《あけび》
竹《たけ》の春《はる》

困民党の地の無患子《むくろじ》の手に固し　弾・平25

平塚市明石町
桐の実の高鳴る家を借ると決む　雪・昭53

紫式部を庭にロダンの美術展　お・昭63

山刀伐《なたぎり》はさいかちの実の峠かな　は・平12

手に三粒塩狩峠の山ぶだう　松・平17

川へ張る一枝のあけび引き寄する　お・平4

仏壇の母にあけびを置きにけり　菊・平8

さねさしのさがみの小野のあけびかな　美・平22

あけび蔓引くや羽衣引くやうに　美・平22

母の忌の籠に盛らるるあけびかな　美・平22

奥多摩の奥の奥なる竹の春　お・平5

山幾重筑紫の丘は竹の春　は・平13

竹の春鎌倉に傘ひらきけり　松・平14

芭《ば》蕉《しょう》

竹の春竹人形の香具夜姫　弾・平27

ぬばたまの闇の芭蕉の葉擦れかな　菊・平7

あけぼのや芭蕉六本揺れもせず　は・平11

蘭《らん》

蘭の香や黒猫の目の閉ぢしまま　菊・平8

蘭匂ひけり亡き母の誕生日　菊・平9

朝《あさ》顔《がお》

牽牛花

箱に咲く朝顔銀座裏通　雪・昭45

上京、中央区新富が新勤務地

朝顔の百の花咲く父の忌よ　お・昭63

朝顔や母のかたみの念珠なる　お・平4

父の忌は紺母の忌は緋の朝顔よ　菊・平7

朝顔のむらさき妻の里に入る　美・平18

ことさらに吹かれ吹かれて牽牛花　弾・平26

鶏《けい》頭《とう》

鶏頭の石より固く咲きにけり　菊・平6

亡き母の声仏壇の鶏頭より　菊・平6
鶏頭や谷川岳は雲がくれ　菊・平9
母の忌の鶏頭のみの咲ける寺　弾・平25

## コスモス　秋桜

コスモスを棍棒打ちの山雨かな　お・平4
ことわると決めしお見合秋桜　菊・平8
師と父の忌やコスモスの揺れやまず　は・平13

## 白粉花《おしろいばな》

母の忌のおしろいばなの咲いてゐる　美・平21
一本のおしろいばなの間口かな　弾・平23

## 鬼灯《ほおずき》

鬼灯のくれなゐ七つ雨の宿　滝・昭58

## 菊《きく》　白菊

白菊の三百輪を富士仕立て　雪・昭57
かんばせのほかは白菊母の棺　お・平3
亡き父母に告ぐることあり菊白し　菊・平9

紫苑《しおん》
西瓜《すいか》

南瓜《かぼちや》
秋茄子《あきなす》

馬鈴薯《じやがいも》
甘藷《さつまいも》
藷

白菊や一誌創刊告げるべし　菊・平9

吹く風も勿来関《なこそのせき》や菊白し　は・平11

菊白し菊より白き髪生えて　松・平14

十月十一日　孫・和希誕生

呱呱の声紫苑の空に雲一朶　弾・平25

別れかな西瓜を食べてしまうては　お・平5

母が切るまつ赤な西瓜三角に　美・平19

チーズ市へ西瓜の前を通り抜け　弾・平23

俳人協会玄関ホール西瓜の句　弾・平26

富士よりも大きな南瓜置かれけり　弾・平26

秋茄子を積みて重ねて地鎮祭　は・平12

弟の来て食べてゐる秋茄子　弾・平25

道産子の馬鈴薯ひしめきあつて着く　松・平16

藷菓子を買ふ横丁の三軒目　は・平10

ふかし藷亡き母の誕生日なる　は・平12

**芋**《いも》　子芋

折籠のやや濃き味の小芋かな　松・平15

**自然薯**《じねんじよ》

自然薯を雪のごとくに擂りおろす　は・平10

**稲**《いね》　稲穂　稲田

稲の穂のすつくすつくと丹波口　は・平11

五千石　三回忌

稲の穂の垂れ深まりて師の忌かな　は・平11

先師上田五千石没後十年忌

稲の穂や師への塔婆を捧げ行く　美・平18

**稲の花**《いねのはな》

越中の白えびの鮓稲の花　松・平15

姥捨の田毎の稲の花盛り　松・平17

百円を入れて鐘撞く稲の花　弾・平25

**早稲**《わせ》　早稲の香　早稲の穂

羽後の国早稲の香りを山囲ひ　は・平12

早稲の穂の重くなり来し天城かな　は・平12

早稲の香や名馬生《いけ》唼《ずき》生みし里　美・平22

**大《だい》豆《ず》**

はじけとぶ播磨の畦の大豆かな　菊・平9

**落花生《らっかせい》**

五千石　三回忌

師を語る茹で落花生剝きながら　は・平11

**草《くさ》の穂《ほ》**　草の絮

富士へ飛び行く本栖湖の草の絮　お・平元

**草《くさ》の実《み》**

いろいろの草の実つけて下りけり　菊・平6

**草紅葉《くさもみじ》**

草もみぢ羊のやうな石の群　は・平13

片髭のなまづ寄り来る草紅葉　弾・平23

**萩《はぎ》**　白萩　萩の花

夕映の降りて来てゐる萩の庭　菊・平7

唐招提寺白萩の一分咲き　菊・平9

岩垂るる白萩に雨上がりけり　松・平14

萩の花妻を隠して揺るるなり　美・平19

澄雄逝きけり白萩に起る風　美・平22

白萩の根方に斧の置かれある　弾・平25

## 薄《すすき》

芒　芒原　芒野

走水打ち来し風に伏す芒　滝・昭59

一本のすすき穂を出す花背かな　は・平11

大阪城堀の底なる芒原　は・平11

まつしろのすすきのなかを水走る　は・平12

芒野の中柔らかな土の径　松・平14

両耳を落暉のいろに芒原　美・平22

ももいろの花に会ひたる芒原　弾・平23

## 泡立草《あわだちそう》

秋の麒麟草

廃屋より高きに秋のきりん草　は・平12

**葛《くず》**　葛の葉

葛の葉に太き雨脚平尾台　は・平13

地図を展げばたちまちに葛嵐　弾・平27

**葛《くず》の花《はな》**

山水を隠して匂ふ葛の花　滝・昭60

**野《の》菊《ぎく》**

半原・中津渓谷
ダムとなる野菊の崖の滴りよ　雪・昭56

半原・中津渓谷
野菊咲く落石防止の網の隙　雪・昭56

**浜《はま》菊《ぎく》**

浜菊の岬の先なり六角堂　は・平11

**狗尾草《えのころぐさ》**

姫路城
城の一隅ゑのころ草のたまり場よ　滝・昭58

**曼珠沙華《まんじゆしやげ》**　彼岸花

雨濡れの曼珠沙華折る友の死よ　雪・昭37

山を降り来て曼珠沙華曼珠沙華　雪・昭51

曼珠沙華昨日と同じ彩あらず　雪・昭57

西へ行く駅ごとに増え曼珠沙華　滝・昭59

桔梗《ききょう》
女郎花《おみなえし》
吾亦紅《われもこう》

曼珠沙華蕊もつるるを許されず　お・平元

疾走の帆や雨濡れの曼珠沙華　お・平2

曼珠沙華その西方に播磨灘　は・平12

母の忌や消え去つてゐる曼珠沙華　は・平13

人間は水のかたまり曼珠沙華　松・平15

曼珠沙華水きらきらときらきらと　松・平16

二十年父よりも生き彼岸花　美・平20

曼珠沙華漆黒の蝶止まりけり　美・平20

はなびらのなき花なるよ桔梗は　美・平22

をみなへし花のまん中濃かりけり　弾・平27

灯の下にくろくありけり吾亦紅　菊・平9

還暦を過ぎたる臓腑吾亦紅　美・平19

嘶きはロバにもありて吾亦紅　弾・平24

**水引《みずひき》の花《はな》**

黒姫山は見えず水引草に雨　滝・昭58

十基ばかり水引草より低き墓　滝・昭59

水引や新羅三郎手玉の石　お・平4

**苔《こけ》桃《もも》**

苔桃の実

熊の子の苔桃の実を舌で摘む　美・平19

昼食・ノルウェー

苔桃とミートボールとじやがいもと　美・平21

**竜《りん》胆《どう》**

母の忌の竜胆の濃き蕾かな　美・平19

**露《つゆ》草《くさ》**

露草のしまひの花の地に触れて　菊・平7

露草の蕊の芯まで雨に濡れ　は・平12

岩に咲く露草に雨上がりけり　は・平13

先師上田五千石没後十年忌

露草に飛び移りたる影のあり　美・平18

**蓼《たで》の花《はな》**

ままこのしりぬぐい

この先はがれ場ままこのしりぬぐひ　弾・平24

### 赤《あか》のまんま

赤まんま

奥多摩や赤まんまみち野菊みち　お・平5

したたりの赤のまんまへ落ちにけり　松・平17

赤まんまふぐり持つ子と持たぬ子と　弾・平27

### 烏《からす》瓜《うり》

からす瓜とどまつてゐる飛行船　弾・平26

### 茸《きのこ》

ふんころがしきのこの脇を押し行けり　美・平22

### 毒《どく》茸《たけ》

蓼科

毒茸の笠に艶出て山雨くる　雪・昭53

# 冬

## 時候

### 冬《ふゆ》

#### 十一月《じゅういちがつ》

ほかほかのかんころ餅や冬の佐賀　美・平18

十一月の山の斜面の日差かな　菊・平6

午前一時の十一月のポストまで　菊・平6

黄蝶出づ十一月の木洩れ日に　菊・平9

跳び箱が十一月の真ん中に　は・平10

澎湃と十一月の銀河かな　松・平14

岩魚喰ふ十一月の岩の上　美・平19

大工来て十一月の空を打つ　美・平20

十月桜十一月を咲き続く　弾・平23

薔薇園の十一月の風の音　弾・平25

#### 神無月《かんなづき》

神無月果てしと思ふ瀬音かな　は・平10

ゆづりはの落ちしままあり神無月　は・平11

神無月井戸をのぞける貌がある　松・平14

神無月平戸の柳あをあをと　美・平18

## 立《りっ》冬《とう》

冬立つ　冬来る　冬に入る

立冬の水でこぼこに鯉群るる　雪・昭57

冬立ちて電話の汝れの声近し　雪・昭57

立冬の舌に載りたる貝の舌　松・平14

冬来たり一皺もなき濠の水　松・平14

雑巾を固くしぼりて冬に入る　弾・平23

立冬の壺のみを置き何も挿さず　弾・平24

## 小《こ》春《はる》

小春日　小六月　小春日和

図書館にいちにちこもる小春かな　滝・昭58

夕風の一刷けに冷ゆ小春浜　滝・昭58

小春日へ神輿手足をつけて出づ　滝・昭58

## 十二月《じゅうにがつ》

小春日の孔雀の爪に日が届く　お・平3

遺言のはなし切り出す小春かな　菊・平8

いろいろの鳥来る水の小春かな　は・平13

小六月魚の喉より針を取る　美・平19

夕焼けて来てゐる小春日和かな　美・平19

クレーンは港のキリン小六月　美・平20

小六月大山独楽の白き紐　美・平22

小六月鍵束に鍵一つ足す　弾・平25

からすうりとどめて杉の十二月　滝・昭58

擂粉木の山椒匂ふ十二月　お・昭63

まはり堂廻して出づる十二月　お・平3

鯉の尾の白きを返す十二月　お・平4

いづこにか赤子の泣ける十二月　お・平5

大雪《たいせつ》
冬至《とうじ》

新しき書棚も満ちて十二月　菊・平6
十二月七日の昼のカレーかな　菊・平8
金の目の猫銀の目の猫十二月　は・平12
十二月一日紅葉の女坂　は・平13
金色の電球の芯十二月　松・平16
遠くの闇近くの闇も十二月　松・平17
野葡萄に残るむらさき十二月　美・平22
大雪《たいせつ》の日差の中の葬花かな　菊・平8
石階をゆけば降りくる冬至空　滝・昭60
緋毛氈に冬至の客となりて座す　滝・昭60
冬至闇芽吹たしかなものに添ひ　滝・昭61
冬至の日聖なる日矢を放ちけり　お・昭63
佛飯のしんそこ白き冬至かな　松・平16

貝の舌人間の舌冬至の灯　松・平17

## 師《し》走《わす》

極月

極月や枡酒の塩いや甘し　雪・昭52

極月の日の匂して父母の墓　お・平5

極月や庭に一本さるすべり　お・平5

薩埵峠の極月のからすうり　松・平14

極月の灯をくぐり来し喉佛　松・平16

## 年《とし》の暮《くれ》

歳晩　年の果　年暮るる

ちやうちんあんかうの燈の先ほどに年残る　滝・昭61

仏足石撫ぜて母なき歳晩よ　お・平3

観音の十一面の年の暮　お・平5

年果ての余呉湖の波の音ばかり　お・平5

あの窪が天の磐戸よ年暮るる　松・平15

行く年《ゆくとし》
大晦日《おおみそか》

祖母山も傾山も年の果　松・平15
歳晩や富士の胸へと街のびて　美・平18
年の暮家族となりし人と座す　弾・平24
歳晩の赤穂の雨を飛ぶ雀　弾・平26
岩鼻にある残照や年の果　弾・平27
行く年の空やはらりとこぼれ雨　お・平2

大年

大年の街を闊歩の登山靴　滝・昭60
大年の滝壺を掃く竹帚　滝・昭60
首なきもあるも石仏年の山　滝・昭60
塔仰ぎ大年の雨振りかぶる　お・平5
大年の霧たちのぼる若狭かな　お・平5
大年の山椒魚の眼かな　菊・平9

八重垣神社

大年の雨粒連理の椿から　は・平10

大年の日のかたぶける日御碕《ひのみさき》　は・平10

赤い木の実や大年の銀閣寺　は・平12

大年の播磨の墓に詣でけり　美・平21

みごもりの乳房大切年を越す　雪・昭51

## 年越《としこし》

## 年の夜《としのよ》

除夜

星の除夜千の石仏山ごもり　滝・昭60

除夜の月大国主命《おほくにぬし》とうさぎの像　は・平10

三木半旅館　誓子の色紙〈除夜零時過ぎてこころの華やぐも〉

除夜の句へ除夜の手燭を近々と　弾・平24

真裸の木も素裸の樹も除夜の闇　弾・平25

## 一月《いちがつ》

一月や白一色の弁天像　菊・平9

せきれい一羽一月の菖蒲園　は・平10

ブルゴーニュ一月の丘みどりなる　美・平19

**寒《かん》の入《いり》**

九郎杉・十郎杉も寒に入る　滝・昭60

寒に入る根を交はしあふ夫婦杉　滝・昭61

寒に入る向かうの丘に日の差して　菊・平7

**小《しょう》寒《かん》**

小寒の車窓に映る腕時計　弾・平27

**大《だい》寒《かん》**

京都　鈴虫寺

大寒の鈴虫鳴かすかなしさよ　雪・昭51

大寒を戻るや桃の花抱きて　お・平5

大寒のしだれざくらの枝の先　菊・平7

山本一歩句集『耳ふたつ』

大寒を来る福相の耳二つ　は・平11

大寒や寒に生まれて燗が好き　美・平20

**寒《かん》の内《うち》**

寒

燈をつけて東京タワー寒に耐ふ　雪・昭46

寒の夜を戻り来て妻鶴のごとし　雪・昭57

雲少しばかりを浮かべ寒次郎　滝・昭61

寒三郎荒々風と遊ぶなり　滝・昭61

寒を来てとくとくとくと脈打てり　お・平6

胸ぐらに寒の富士聳つ誕生日　菊・平7

越後より寒の白雁見に来よと　松・平14

寒鯖の鼻の柱の青さかな　松・平17

寒の夜の胎内うたを聴きゐるか　松・平18

星近くなる寒栄螺二個を食べ　弾・平26

## 冬《ふゆ》の日《ひ》

冬日

愛告ぐや駱駝の瘤に冬日揺れ　雪・昭43

冬日とどかず噴水の芯部まで　滝・昭58

冬日差一山にある一寺かな　は・平12

腋見せて走るペンギン冬落暉　は・平13

## 冬《ふゆ》の朝《あさ》

寒暁

一駅の間の寒暁見つづける　雪・昭57

**短日**《たんじつ》

短日や重なり合へる瀬戸の島　美・平20

**冬の夜**《ふゆのよ》　寒夜

寒夜この家に母在る誕生日　雪・昭41

**霜夜**《しもよ》

蛇にはなれぬよ霜の夜のネックレス　お・昭63

霜の夜の妻の母めく膝枕　菊・平8

**冷たし**《つめたし》　底冷

四肢削るごとし高野の底冷は　滝・昭61

マグダラ《ヴェズレー》のマリアを祀り底冷ゆる　美・平19

**寒し**《さむし》　寒厳

誕生日寒き海のみ見て返す　雪・昭41

寒厳に張る一本の命綱　滝・昭59

海の果御神火といふ寒きもの　滝・昭61

十二神将よ足の裏寒し　松・平15

まつかさの落ちゐるのみの寒さかな　松・平15

## 冱《い》つる

凍

猪威し鳴らして庭を凍てしめず　雪・昭51

詩仙堂

凍池を出でてより水走りけり　お・平4

みどり児の喃語《ヴェズレー》が破る聖地の凍て　美・平19

## 三寒四温《さんかんしおん》

四温

赤銅の大屋根を張る四温かな　お・平6

四温なる水かげろふや奈良茶飯　松・平15

## 日脚伸《ひあしの》ぶ

礼状を日脚伸ぶると書き始む　は・平12

日脚伸ぶ脇にはさみし文庫本　松・平15

日脚伸ぶ崖のぼりくる波頭　美・平23

## 春近《はるちか》し

春隣

砂山を流れる砂や春隣　お・昭63

缶ビールかぱりと開き春隣　お・平3

帆を張れば美しき海春真近　お・平6
祝婚　久保寺逸子さん

明日は春鴨の一羽の浮くのみぞ　菊・平8

春隣美雪の名もて生まれけり　美・平18
一月二十九日

鼻先に星の匂へる春隣　弾・平24

**節分《せつぶん》**

節分の菰巻に日の差し来たり　菊・平8

## 天文

**冬晴《ふゆばれ》**　冬麗

冬晴の子の黒髪をまぶしめる　美・平20

わが顔のスプーンに伸びる冬麗　弾・平26

**冬の空《ふゆのそら》**　寒天

寒天の一穂として呼子岳　滝・昭61

**冬の月《ふゆのつき》**　寒月

寒月に棒立ちの富士ありにけり　弾・平23

## 冬《ふゆ》の星《ほし》

冬銀河　寒星　冬星

英虞湾は鳴りを鎮むる冬銀河　雪・昭55

寒星の中やおしやべり姉妹星　雪・昭57

ぽぽぽーと汽笛ありけり冬銀河　美・平21

冬星の大三角形わが生まれし日　弾・平26

## 冬北斗《ふゆほくと》

冬北斗最後の叔父の逝かれけり　弾・平24

## 寒《かん》昴《すばる》

五千石の齢過ぎたり寒昴　美・平22

## 天《てん》狼《ろう》

シリウス

天狼の降らせるものを嚥み下す　松・平14

シリウス煌々食初めの小さき箸　弾・平26

## 冬《ふゆ》の風《かぜ》

寒風

ヌード小屋《ケルン》出て寒風の日本海　雪・昭41

## 凩《こがらし》

木枯

凩や枯るるものなき大聖堂　お・平2

凩やポストの腹のひらかる　菊・平7

鼻溝に木枯一号来たりけり　松・平15

木枯の海には枯るるもののなし　松・平16

紺碧《ニース》の木枯吹けり地中海　美・平18

木枯や眼鏡の奥の誓子の目　弾・平23

## 空《から》風《かぜ》

空つ風

空つ風顔の凹凸なく当る　滝・昭59

柊二歌集読みて眠れずもがり笛　雪・昭39

もがり笛愛といふ字を書くときに　雪・昭48

もがり笛金色の目の魚料る　滝・昭59

村中の電線に鳴るもがり笛　美・平22

マンホールの底を動く灯もがり笛　弾・平23

## 虎落笛《もがりぶえ》

みどりごのみひらくまなこもがりぶえ　弾・平25

## 鎌《かま》鼬《いたち》
## 初時雨《はつしぐれ》
## 時雨《しぐれ》

鎌鼬田のまん中で会ひにけり　松・平16

初しぐれ松尾芭蕉の初しぐれ　お・平5

指頭書の指の念々寺しぐれ　雪・昭43
福寿寺住職阪本竜光氏

おはじきのいくつはじかれしぐれけり　雪・昭52
かたはらの泣き弥勒も飛鳥三弥勒の一つ

かんばせやしぐるる明日を見たまへる　雪・昭53

しぐるるや天狗の面の鼻の先　滝・昭61

ラインしぐれて灯点る城と灯なき城　お・平2

ライン川しぐれしぐれて本降りに　お・平2

しぐるるや宗祇の墓に供華なくて　お・平3

しぐるるやシュウクリームを食べてより　お・平4

指切りの後の歳月しぐれけり　お・平4

しぐるるや真鯉のひげの短くて　菊・平9

玄武洞したたるままにしぐれけり　菊・平9

灯のそろふしぐれのあとの琵琶湖かな　美・平21

屋形舟の毛氈たたむしぐれかな　美・平21

しぐるるや桑摘爪の赤き錆　弾・平24

## 冬《ふゆ》の雨《あめ》

母と児の傘ひらきたる冬の雨　弾・平23

## 霜《しも》

霜晴　朝霜

ふるさとの霜一色に目覚めたり　雪・昭50

坐りたまへとふらここの霜を拭く　滝・昭61

霜晴や応への一語きつぱりと　美・平21

サーカスの象に鎖や朝の霜　美・平22

針金の輪の錠外し霜畑　弾・平27

## 初《はつ》雪《ゆき》

北アルプス蝶ヶ岳行

山系の系あきらかに初の雪　雪・昭51

伊吹嶺に初雪の筋ありにけり　美・平21

## 雪《ゆき》

雪片　新雪

雪霏々《ひひ》とサナトリウムに栖みつけば　雪・昭37

何の序曲雪片密に舞ひ来たる　雪・昭43

東寺
雪白く降る水煙のあたりより　雪・昭51

那須
雪のほか殺生石に献じ得ず　雪・昭52

雪の田に降りたち鴉争へる　雪・昭53

岳温泉
闇の夜が好き雪ん子よ星ん子よ　雪・昭54

にはとりの鶏冠ぶるぶる雪が降る　雪・昭56

からす鳴く雪の立待岬かな　滝・昭59

高圧線雪の高野山に達しける　滝・昭61

中納言・大納言みな雪の墓　滝・昭61

黒髪とみれば高野の雪たかる　滝・昭61

あかあかと暮るるよ雪の高野山　滝・昭61

雪降りて雪降るばかり聖橋　お・平5

總持寺祖院木の叉に雪を置き　菊・平7

東京句会発足

天窓に雪の降り積む句会かな　は・平10

宝永火口笑窪のやうに雪の影　は・平13

五合庵の未踏の雪に踏み込めり　松・平14

雪の佐渡見るなり母を見るやうに　松・平14

奥会津

学生服の看板雪の奥会津　松・平16

大雪山の新雪を踏み同志たり　松・平17

雪を踏み雪を掃くなり中尊寺　松・平17

黒髪に雪突き刺さる義経堂　松・平18

雪甘し賢治のイギリス海岸の　松・平18

わが部屋の小さな鏡雪が降る　松・平18

湘南に雪降る出産のしらせまだ　松・平18

フェルメールの少女の朱唇雪霏々《ひひ》と　美・平21

寺町を新京極へ雪の路地　美・平22

悼 長田白日夢氏

夢に降る雪の中へと逝かれけり　弾・平23

大いなる雪片が降る鼻の上　弾・平27

風花や妻の湯浴みの音やみて　雪・昭53

## 風花《かざはな》

風花の父母の墓へとまうでけり　弾・平24

## 雪《ゆき》しまき

青無垢の智恵子の空へ雪旋風《しまき》　雪・昭54

## 雪《ゆき》女《おんな》

雪女郎

雪の掌で雪食べてゐる雪女郎　滝・昭59

舌のみは肉の色して雪女郎　滝・昭59

露天湯の男見据ゑて雪女郎　滝・昭59

雪女郎氷柱手折りては食ぶる　滝・昭59

竹林へ髪なびかせて雪女郎　滝・昭59

冬《ふゆ》霞《がすみ》　寒霞

悼　上田霞（上田五千石御令室）
寒霞して君送る富士の嶺　弾・平27

冬《ふゆ》の虹《にじ》
冬虹は赤のみ強く立ち現る　松・平15

冬夕焼《ふゆゆうやけ》
ふろしきを冬夕焼にひろげたる　弾・平23

## 地理

冬《ふゆ》の山《やま》　枯山　雪嶺　冬山　雪山

八方へ声が逃げゆく枯山中　雪・昭37

雪嶺の最高峯に朝日跳ね　雪・昭43

増位山麓
神体として枯山の磐石よ　雪・昭44

枯山の泉辺に湧く女声　滝・昭59

枯山の窟へ石投げ音つくる　滝・昭60

冬山のをみなの肌の涅槃像　滝・昭60

冬山に入り青空を登り行く　菊・平6

### 山眠《やまねむ》る

遠き帆は誓子や雪の剣ヶ峰　弾・平26

菜を引くや眠れる山のふところに　滝・昭59

雷神の山の眠りの音もなし　滝・昭60

源流の滴一滴に山眠る　は・平10

山眠る飴に薄荷《はくか》の匂ひあり　は・平13

五島列島

あをきまま島山眠る五島灘　弾・平26

### 枯野《かれの》

枯野行くリュックサックの鈴鳴らし　滝・昭60

### 雪原《せつげん》

雪野

雪原の何をつかみてとんび翔つ　雪・昭36

夢覚めし雪野の涯てに星一つ　雪・昭36

### 水涸《みずか》るる

涸川

涸川の底走りけり大樹の根　滝・昭60

オアシスのごと涸川の苔岩根　滝・昭60

冬《ふゆ》の波《なみ》　寒濤

寒濤の独擅場の一礁《いくり》　弾・平24

冬《ふゆ》の浜《はま》

鳥来てとんと降りる冬の浜　は・平12

霜《しも》柱《ばしら》

丹沢は赤き山なり霜柱　松・平14

霜柱作州浪人三鬼の墓　美・平19

ガリレオの地球は青し霜柱　美・平23

氷《こおり》　厚氷

指触れしのみ御手洗の厚氷　瑞巌寺　雪・昭53

草千里氷れる端を踏みにけり　松・平15

氷《つら》柱《らら》

みちのくの水沢駅のつららかな　雪・昭53

函館やつららに街の燈が点いて　滝・昭59

親つららら子つらら大師さま讃ふ　高野山　滝・昭61

みちのくの睫毛のごときつららかな　松・平18

**狐火《きつねび》**　鬼火

狐火の婆には見えて見据ゑをる　雪・昭53

天守閣の窓を動ける鬼火かな　松・平14

狐火に濃き桃色のありにけり　松・平14

狐火の恋しこひしとうかびをる　美・平22

## 生活

**セーター**

ミロのビーナスへセーターの児を掲げ　美・平19

パリ国際空港にて別れ

セーターの美雪一歳手を振れり　美・平19

**外套《がいとう》**

風羅堂、芭蕉の月山にて用ゐし蓑・笠を伝ふ

翁の蓑誓子外套脱ぎて見る　雪・昭44

**ちゃんちゃんこ**

吾輩は洗ひ晒しのちゃんちゃんこ　弾・平26

**ねんねこ**

ねんねこのねんねん太鼓ねむり落つ　お・昭63

**着《き》ぶくれ**

着ぶくれて国見ヶ丘に立ちゐたり　松・平15

**冬帽子《ふゆぼうし》**

狛犬の阿と吽の間を冬帽子　美・平22

**襟巻**《えりまき》　マフラー

林中にマフラーの赤走り入る　滝・昭60

**手袋**《てぶくろ》

両手とも手袋の中誕生日　美・平21

**毛糸編**《けいとあ》**む**

指先へ夕日ひとすぢ毛糸編む　は・平11

**酢海鼠**《すなまこ》

思ひをり句会のあとの酢海鼠を　は・平10

**焼藷**《やきいも》　焼芋屋

焼いもを食べ胎の子を太らせよ　雪・昭52

焼藷がケーブルカーに乗つてゐる　松・平17

焼藷屋真白き軍手してゐたる　美・平20

**鯛焼**《たいやき》

鯛焼の五匹と街を行きにけり　松・平16

につぽんの鯛焼といふさかなかな　弾・平27

**餅搗**《もちつき》

餅を搗く音のみ美保関神社　は・平10

**熱燗**《あつかん》

友来たりまづ熱燗の湯気にむせよ　滝・昭61

鰭《ひれ》酒《ざけ》
狸《たぬき》汁《じる》
牡丹鍋《ぼたんなべ》
おでん
浅《あさ》漬《づけ》
凍豆腐《しみどうふ》造《つく》る
寒《かん》卵《たまご》
藪《やぶ》巻《まき》　菰巻

熱燗や松の根方に灯の洩れて　は・平13
鰭酒のひれの一枚沈みをる　弾・平25
狸汁食べ尽くしたり夢の中　菊・平6
ぼたん鍋時折闇の瀬音して　は・平13
江の島の頂上おでんの匂ひかな　菊・平9
青春や煮つまつてゐるおでん鍋　は・平12
十《と》七《な》八《はち》のおでんなつかしや姫路　松・平16
ももいろのなるとの渦のおでんかな　弾・平27
靴音高く来て浅漬を買ひにけり　お・昭63
凍豆腐
奥会津二階の軒の凍豆腐　美・平20
一つ欲しや弁天さまの寒卵　お・平3

菰巻にけもののにほひありにけり　お・平5

寒《かん》燈《とう》

冬の灯

悼　宮津昭彦氏

寒灯の都を抜けて通夜の灯へ　弾・平23

冬の灯となりて河口にかかる橋　弾・平27

障《しよう》子《じ》

もろもろの星座匂へる障子かな　松・平14

住みなれて障子に小さき穴ひとつ　美・平18

白き障子のみ松陰幽居の間　美・平20

岡山後楽園

みなみ向く白き障子の十二枚　弾・平27

屏《びよう》風《ぶ》

涙痕にあらず屏風の滝ひかる　お・昭63

屏風絵の虎より竜の方暗し　お・平元

暖《だん》房《ぼう》

暖房車

とうろりと睡魔盛らるる暖房車　お・平元

埋《うずみ》火《び》

さぐり当つ乳首のごとき埋火を　お・平元

**炉《ろ》**

炉明

炉明りや父の齢を越えてをる　お・平3

**火《ひ》鉢《ばち》**

たなごころ天満宮の火鉢かな　松・平16

**火《ひ》吹《ふき》竹《だけ》**

火吹竹男のにほひ放ちけり　松・平14

**炉《ろ》開《びらき》**

炉をひらくころよと思ふ忌明けかな　お・平3

**冬《とう》耕《こう》**

冬耕の少し曲りてゐたりけり　松・平16

**蕎《そ》麦《ば》刈《かり》**

稲刈られ蕎麦も刈られし空知かな　松・平17

**大根《だいこん》干《ほ》す**

懸大根

懸大根昨日掛けたる今日の色　弾・平27

**切《きり》干《ぼし》**

切干しのやはらかうして母の味　菊・平9

**泥鰌《どじょう》掘《ほ》る**

先生へ手を振るどぢやう掘るをやめ　は・平10

**焚《たき》火《び》**

丹後由良汐汲浜の焚火かな　お・平6

松尾大社焚火に太き松の幹　松・平16

**火《か》事《じ》**

火事噴くを墓と並びて見てゐたり　松・平14

パン屋まで火事の匂ひの流れ来る　弾・平23

**探梅《たんばい》**

探梅のここからの富士隠れなし　弾・平25

**竹馬《たけうま》**

竹馬の前髪に風立ちにけり　弾・平24

**雪達磨《ゆきだるま》**

頂上や人の匂ひの雪だるま　菊・平8

海を向くベンチの上の雪だるま　弾・平27

**湯《ゆ》ざめ**

湯ざめして文読み返しゐたりけり　滝・昭60

ペン先を登りて来たる湯ざめかな　お・平4

天狼を源にする湯ざめかな　松・平16

**風《か》邪《ぜ》**

風邪癒えきたる誕生日近くなる　弾・平24

**嚔《くさめ》**

大くさめ二十世紀よさやうなら　は・平12

**水《みず》洟《ばな》**

富士に真向ひ水洟を賜れる　松・平14

**息《いき》白《しろ》し**　白息

白息の甘さ辛さをぶつけ合ふ　滝・昭59

**日向《ひなた》ぼこ**

背すぢより何か抜けゆく日向ぼこ　弾・平27

**年用意《としようい》**

年用意地獄の絵図を掛けしまま　菊・平9

初穂料一覧を貼る年用意　弾・平25

**煤《すす》払《はらい》**　煤籠　煤逃

吾輩と吾輩の猫煤籠　は・平11

煤逃げ《ニース》の地中海まで来たりけり　美・平18

**社会鍋《しやかいなべ》**

社会鍋に五歩程離れ待ち合はす　は・平13

**暦《こよみ》売《うり》**

無言にて座りしままの暦売　お・平5

**古《ふる》暦《ごよみ》**

古暦はづせば釘も抜けにけり　美・平21

**門松《かどまつ》立《た》つ**　松飾る

銀山のありし駅なり松立てて　は・平10

**年《とし》忘《わすれ》**

忘年やさてこそあすは青畝忌ぞ　菊・平8

## 行事

**顔見世**《かほみせ》
**七五三**《しちごさん》
千歳飴

顔見世の灯りの端に阿国像　美・平22

七五三雲を三々五々浮かべ　滝・昭61

鳥居の上にひとひらの雲七五三　お・平3

唇をはじめて塗りて七五三　は・平12

抱き上げて虎を見するや七五三　は・平13

千歳飴膝頭以ておし進む　美・平19

しやがまないしやがまないのよ七五三　美・平19

足の裏見せて抱かるる七五三　美・平20

美雪七歳

七五三大きな傘をさしかくる　弾・平24

**柚子湯**《ゆずゆ》
冬至風呂

十《とを》かぞへ柚子湯のをさな立ち上がる　美・平21

児の頭ほどの鬼柚子冬至風呂　弾・平26

十歳の少女の胸に柚子湯の柚　弾・平27

**年守る**《としまも》　年送る

年送る磧に大き火を焚きて　滝・昭60

ふるさとのもろみを箸に年送る　弾・平26

**晦日蕎麦**《みそかそば》　年越蕎麦

皿そばの五皿を年越蕎麦として　菊・平9

**追儺**《ついな》　鬼やらい

まつくらのまつくら闇へ鬼やらふ　雪・昭48

**豆撒**《まめまき》　年の豆　豆打

つとめ来しネクタイ解かず豆を撒く　お・平6

年の豆嚙むや子育て終りめき　は・平11

豆打ちてきたる句会や鬼がゐる　松・平15

娘嫁《か》し息子も留守や豆を撒く　松・平16

晴渡る関八州へ豆を打つ　美・平19
豆撒きのあんぱん降つて来たるなり　美・平19
俳号は持たぬままなり豆を撒く　弾・平27

**神の旅**《かみのたび》

**神の留守**《かみのるす》

神の旅富士より高く気球行く　お・平5
神の留守富士も白鷺城も晴　お・昭63
滝の辺の草枯れてゐる神の留守　菊・平8
小包に速達の印神の留守　は・平13
神留守の青空を滝落ちにけり　弾・平23

**御火焚**《おほたき》

お火焚の木組が残る雨上り　美・平20

**酉の市**《とりのいち》

二の酉　一の酉

二の酉に寄らずに乗りし電車かな　お・平4
街の灯とちがふ灯のいろ一の酉　は・平11
酉の市三軒ほどの燈でありぬ　松・平14

**秩父夜祭**《ちちぶよまつり》

秩父夜祭腹断ち割りの猪を吊る　美・平18

秩父夜祭高張提灯先づ動き　美・平18

秩父夜祭灯のかたまりが動き出す　美・平18

**神楽**《かぐら》

白息をほのと洩らして神楽面　滝・昭61

蛇身より剣奪《と》り出す神楽かな　滝・昭61

神楽面外せば白き鬚と髪　松・平15

**里神楽**《さとかぐら》

星空へ蛇が火を吹く里神楽　滝・昭61

**夜神楽**《よかぐら》

夜神楽の喉の細き手力男　松・平15

**和布刈神事**《めかりしんじ》　和布刈

和布《め》刈り見る氷のごとき耳朶となり　は・平10

和布刈り終ふ海へ大松明を投げ　は・平10

**御正忌**《ごしょうき》　親鸞忌

柊の花のこぼるる親鸞忌　お・平4

**臘八会**《ろうはちえ》　臘八

臘八や葉のなき梢打ち仰ぐ　お・平3

**除夜**《じよや》**の鐘**《かね》

除夜の鐘一打して身の軽くなる　滝・昭60

大榾に火の移りたり除夜の鐘　菊・平9

除夜の鐘引越の荷のかたづかず　は・平13

除夜の鐘神話一冊読み終ふる　松・平14

妻と二人で撞けば軽しや除夜の鐘　美・平21

**寒念仏**《かんねぶつ》

近付くや寒念仏のかたまりが　滝・昭60

**クリスマス**　聖夜　聖樹

岬の灯に船の灯紛れ聖夜寒し　雪・昭42

クリスマス『ギリシア神話』を買ひ与ふ　滝・昭61

聖樹の燈消えて聖らな夜となりぬ　滝・昭61

クリスマスツリー松毬も吊られけり　菊・平8

引越の荷は本ばかりクリスマス　は・平13
富士へ立つ高き煙突クリスマス　美・平19
踏切の正面に富士クリスマス　弾・平24

芭蕉忌《ばしようき》　翁忌　時雨忌

誓子先生逝き給ひての翁の忌　菊・平6
しぐれ忌や宗祇の逝きし寺に座し　菊・平9
その齢なるとの思ひ翁の忌　は・平10
翁忌の肉を置きたるフライパン　弾・平24

一葉忌《いちようき》

長崎にチャンポンを食ふ一葉忌　弾・平26

三島忌《みしまき》　憂国忌

憂国忌シャボンの泡をとばしけり　松・平15

近松忌《ちかまつき》

満目の一切枯るる近松忌　松・平17

漱石忌《そうせきき》

干柿をかみしめてゐる漱石忌　美・平20

**蕪村忌《ぶそんき》**　蕪村忌の三色の串団子かな　松・平17

## 動物

**冬眠《とうみん》**　酒汲みて冬眠のものうらやまず　お・平元

冬眠の栗鼠のすがたに吾子眠る　お・平元

**熊《くま》**　奥会津　熊汁へずんずんと雪降り込めり　松・平16

**熊穴《くまあな》に入《い》る**　熊穴に入りたる頃ぞ燗をせよ　お・昭63

熊穴に入りたる後の噴火口　弾・平23

叔父一周忌　熊穴に入るころなるや納骨す　弾・平25

**狸《たぬき》**　横顔の狸きつねに似てゐるよ　雪・昭57

**鼬《いたち》**　いたちの尾ちらりと闇をはみ出せり　は・平13

湯殿山への径をよぎりし鼬かな　美・平18

**狼《おおかみ》**　狼の色の秩父となりにけり　松・平14

**鷹《たか》**　熊鷹　鷹の眼となる鷹の眼を受けてより　雪・昭56

西を見据ゑて金色の鷹の目よ　滝・昭61

鷹の目の中月光が渦を巻く　滝・昭61

熊鷹の肉くらふたび散る羽毛　は・平13

## 隼《はやぶさ》

隼や伊豆のいつつの島の影　菊・平8

## 鷲《わし》

大鷲　尾白鷲

尾の白き鷲に青天垂るるなり　お・平2

鷲の目に金色の雲浮かびけり　お・平3

松風にふはりと鷲の乗りにけり　菊・平9

大鷲の岩の色して岩を踏み　は・平12

鳴きしあと嘴を樹に擦る尾白鷲　は・平13

## 寒《かん》禽《きん》

冬の鳥　冬きつつき

松島

一樹なき島に群がる冬の鳥　雪・昭53

寒禽の声透きとほる山泉　滝・昭60

ポツダムの冬きつつきのこだまかな　お・平2

待ち惚け貌でありけり冬の鳶　松・平14

## 笹《ささ》鳴《なき》

笹子鳴く

笹鳴や岩の仏に苔の衣　滝・昭60

大悲山笹鳴のみを音として　は・平10

笹子鳴く水ゆつくりと海へ入る　松・平14

## 寒《かん》鴉《がらす》

安静の吾をあなどる寒がらす　雪・昭37

## 梟《ふくろう》

五郎助

梟やゆうらゆうらと星揺れて　菊・平6

五郎助や最も暗き山の方　菊・平8

ふくろふのすでに夜の目となりゐたり　は・平13

梟や水に木の影星の影　弾・平23

## 木《み》菟《みずく》

木菟は半眼人の前なれば　菊・平8

鷦鷯《みそさざい》

三十三才

三十三才《みそさざい》檻から檻と抜け行けり　美・平21

水《みず》鳥《とり》

水鳥のしばらく流れては止まる　滝・昭58

水鳥の翔ちたる一羽着きし一羽　は・平12

水鳥の水ぎはに立つ日の出かな　松・平16

水鳥の夕汐に乗り夕日に乗り　松・平16

鴨《かも》

鴨くうと鳴く尾瀬沼のあさぼらけ　滝・昭61

鴨の陣常にどこかが翔ちてをる　滝・昭61

くくくとくくくくと鴨寄りて来る　お・平元

千の鴨浮き金色に暮るるかな　は・平12

千《ち》鳥《どり》

千鳥鳴く昼のやうなる月明り　美・平20

冬《ふゆ》鷗《かもめ》

冬かもめ大聖堂《ケルン》の裾を舞ふ　お・平2

西海を西へと一羽冬鷗　美・平18

**鶴《つる》**

丹頂
丹頂の後楽園を出でず飛ぶ　弾・平27

**凍鶴《いてづる》**

檻にして丹頂の丹凍ていまだ　雪・昭57

凍鶴に群青の空打ち重ね　は・平12

**白《はく》鳥《ちょう》**

八雲立つ出雲や畑に小白鳥　は・平10

**海豚《いるか》**

新世紀イルカ火の輪を抜けにけり　は・平13

**金目鯛《きんめだい》**

金目鯛その目玉より食べはじむ　菊・平7

**鮟《あん》鱇《こう》**

鮟鱇を喰らひて何か忘れたる　お・平5

**牡《か》蠣《き》**

牡蠣フライ
男はカツ女は牡蠣を食べてゐる　は・平12

真つ平ら真珠筏と牡蠣筏　美・平18

妻ひとつわれはふたつぶ牡蠣フライ　美・平22

**冬《ふゆ》の蜂《はち》**

マティスロザリオ礼拝堂
ステンドグラスに一匹の冬の蜂　美・平19

**蟷螂《とうろう》枯《か》る**

土よりも黄や蟷螂の雌の枯れ　菊・平9

蟷螂の骨格のまま枯れにけり　松・平16

かまきりの岩色に枯れ岩に立つ　美・平21

## 綿《わた》虫《むし》

雪婆　大綿

指先に吸ひ着きて来し雪ばんば　菊・平6

綿虫や吉川英治記念館　菊・平7

大綿や花背は昼も夕ごこち　は・平10

綿虫や才に溺るることなかれ　松・平17

綿虫の湯気のやうなるうごきかな　美・平21

白一色弁財天も綿虫も　弾・平24

# 植物

## 帰《かえ》り花《ばな》

帰り咲

円覚寺
仏性のつばき一輪返り咲く　雪・昭56

一輪のみの返り花よりの羽音　お・平2

## 冬《ふゆ》桜《ざくら》

十月桜

十月桜返り花より淋しけれ　滝・昭61

冬ざくら桜の園のその端に　滝・昭61

冬桜わが彳つかぎり散りてをる　お・平5

雨粒をつけたるままに冬桜　は・平11

一筋の白き川あり冬桜　は・平13

青々と鐘の余韻や冬桜　松・平14

あをぞらのあなたのあなた冬桜　美・平21

山洗ひ句碑洗ふ雨冬桜　弾・平27

## 冬《ふゆ》牡丹《ぼたん》

寒牡丹

寒牡丹欅大樹の根の間に　滝・昭60

寒ぼたん白きつぼみの桃のごとし　滝・昭60

上空を鵜の飛び行けり寒ぼたん　は・平12

## 寒《かん》椿《つばき》

冬椿

一輪は散り一輪の寒牡丹　は・平12
青き空青くあるのみ寒牡丹　は・平13
大寒をひらき切つたる牡丹かな　美・平21
足音を受けとめてゐる寒牡丹　弾・平27
雪色の椿の蕾雪の中　美・平21
五島列島
冬を咲く五島椿の並木かな　弾・平26

## 山茶花《さざんか》

さざんくわや分骨の壺買ひに出む　お・平3
亡き母の声山茶花の散りたれば　お・平3
山茶花のその木の下にのみ散りて　お・平3
なむあみだぶつとさざんくわの散りにけり　お・平3
さざんくわや能登金剛は雨の中　菊・平6
空あをあをと山茶花の散りゐたり　菊・平9

山羊鳴くやさざんくわの花散るたびに　は・平12

さざんくわや竹の箒に竹の籠　は・平12

さざんくわのひとひらを散り加へけり　松・平16

さざんくわやすりきれさうなじやがたら文　美・平18

さざんくわの白きは白くちりにけり　弾・平25

### 八手《やっで》の花《はな》

かの小唄久しく聴かず花八つ手　弾・平23

### 柊《ひいらぎ》の花《はな》

門灯に柊の花こぼれけり　お・平4

### 茶《ちゃ》の花《はな》

多摩の奥まで茶の花の日和かな　菊・平7

### 南天《なんてん》の実《み》

南天の実や美作の無人駅　美・平20

次の鳥来る南天のまつかな実　弾・平26

### 蜜《み》柑《かん》　蜜柑山

湯河原
夫婦して蜜柑選別しつつ暮る　雪・昭51

湯河原
みかん食べ蜜柑の山の冷もらふ　雪・昭51

湯河原

夕月にもつとも暗し蜜柑山　雪・昭51

日の当るもつとも高き蜜柑摘む　お・平2

## 木《き》守《まもり》

木守柿

木守柿鬼の来るまで落ちはせぬ　松・平14

## 冬林檎《ふゆりんご》

冬林檎匂ふ仏間のすみずみまで　お・平2

## 枇杷《びわ》の花《はな》

すぐのびる男の髭や枇杷の花　菊・平9

## 冬紅葉《ふゆもみじ》

冬紅葉千利休の茶杓かな　は・平11

冬もみぢ断ち割りて滝落ちにけり　は・平13

冬紅葉あひる流れに乗りにけり　松・平15

その先の先に御巣鷹冬もみぢ　弾・平24

冬もみぢ播磨の墓はみな白し　弾・平25

## 紅葉散《もみじち》る

爆心地紅葉の下を掃き清む　滝・昭58

紅葉散る女の打ちし鐘の音に　松・平15

## 木《こ》の葉《は》

くれなゐのくちびる紅葉散る中に　美・平20
妙高の白樺散るをいそぐなよ　滝・昭58
窓よぎりしは金色の木の葉かも　お・平4
神隠しこのまま木の葉踏み行けば　は・平13

## 落《おち》葉《ば》

落葉焚

旧乃木希典邸
落葉踏み殉死の室をのぞき込む　滝・昭58
頂上のなんぢやもんぢやの大落葉　滝・昭60
落葉しつくしてひめしやらの金の肌　滝・昭60
雪まねく大本山の落葉焚　滝・昭61
落葉焚く煙にしめりありにけり　お・平3
落葉しつくして残りたるものよ　お・平4
とうふ坂さくら落葉を掃きにけり　菊・平8
筑波山落葉溜りに君と寝む　は・平10

ゆりの木の落葉の上を乳母車　は・平13
水中の落葉に落葉加はれる　松・平16

**朴落葉**《ほおおちば》

落葉焚く朴念仁でありしかな　美・平21
朴落葉ひろへば夕日載りにけり　は・平13
きりもみに水へと朴の落葉かな　は・平13

**銀杏落葉**《いちようおちば》

神田猿楽町に住む
古本祭銀杏落葉に燈を奢り　雪・昭45
百畳の銀杏落葉の端を焚く　菊・平6

**冬木立**《ふゆこだち》

冬木立五重の塔といふ大樹　滝・昭58

**枯**《かれ》**木**《き》　裸木

赤銅の裸木ばかり妻遠し　雪・昭50
裸木や女身の像に穴三つ　お・平4
裸木の雨よりも灯に濡るるかな　松・平14

**枯**《かれ》**桑**《くわ》　桑枯る

## 冬枯《ふゆがれ》

枯る

桑枯れて秩父あかるくなりにけり　お・平元

母牛の背後はるかな枯起伏　雪・昭42

阿蘇枯れて放牛あまたまだ降りず　雪・昭55

むらさきもあかねも枯れてゐたりけり　滝・昭58

死木屹立霊山の枯の中　滝・昭60

来迎谷てふ枯谷の底見せず　滝・昭60

十余《とをま》りの榠樝を残し杜枯るる　五島列島　菊・平6

断崖の先端枯るる大瀬崎　弾・平26

## 冬芽《ふゆめ》

冬木の芽

天孫降臨地ほつほつと冬木の芽　松・平15

冬木の芽子の新しき戸籍成る　弾・平24

**冬柏**《ふゆかしわ》　枯柏

播磨路や枯れて散らざる柏の葉　弾・平26

**冬菊**《ふゆぎく》

漆黒の人間魚雷冬白菊　美・平20

**水仙**《すいせん》

水仙やはるかほのかに隠岐の島　は・平10

水仙の香のゆきわたる八畳間　弾・平23

**葉牡丹**《はぼたん》

正面に白鷺城や葉ぼうたん　美・平22

**蝦蛄葉仙人掌**《しゃこばさぼてん》

蝦蛄葉仙人掌テーブルの端の端　菊・平9

**枯蓮**《かれはす》　蓮枯る

夕焼けて帰り来る鵜や蓮枯るる　は・平11

蓮枯るるピカソの青の水がある　弾・平27

**冬菜**《ふゆな》

日溜りの冬菜におんぶばったかな　松・平17

**白菜**《はくさい》

白菜を噛むや反抗期の音で　滝・昭61

四ッ切りの白菜を日に並べたる　お・平5

**葱《ねぎ》**
**人参《にんじん》**
**蕪《かぶ》**
**名《な》の草《くさ》枯《か》る**
**草《くさ》枯《がれ》**
**枯《かれ》蘆《あし》**
**枯《かれ》萩《はぎ》**
**枯《かれ》芝《しば》**

白鳥のやうな白菜抱き上ぐる　美・平21
富士日和洗ひ上げたる葱の束　弾・平26
買物籠の中の人参引き抜けり　お・平3
蕪を噛むロスアンジェルスより戻り　お・平元
蕪下げて本能寺へと入りゆけり　は・平10
砂丘まづ弘法麦の穂より枯れ　雪・昭57
濠の端のゐのころ草の枯れにけり　松・平14
櫓枯れ大村湾は鏡凪　弾・平26
松島
島々の草枯れつくす湾の凪　雪・昭53
枯れ葦の棒立つ河も但馬かな　菊・平9
枯蘆の葉騒の走り来たりけり　松・平16
枯萩の枝垂るる岩となりにけり　は・平11
長崎空港
着陸の枯芝見えて来たりけり　弾・平26

枯《かれ》葎《むぐら》
石蕗《つわ》の花《はな》
冬《ふゆ》菫《すみれ》
竜《りゅう》の玉《たま》

湘南の波見ゆるなり枯葎　は・平12

瘞《えい》血《けつ》の地に一本のつはの花　滝・昭58
旧乃木希典邸瘞血之処——殉死の時の血のついた物を埋めたところ

石蕗の花鎌倉文士ほぼ逝きし　滝・昭60

芭蕉逝きし齢の近し石蕗の花　菊・平6

石蕗の花寝姿山の最高処　菊・平8

つはの花崖をうがちて置く地蔵　菊・平8

壱岐
つはの花につつまれてゐる曾良の墓　は・平13

石橋まさこさん
十二月一日生まれ冬すみれ　美・平18

竜の玉弁天さまのかへりみち　美・平20

父の師の亞浪の忌なり竜の玉　美・平21

竜の玉人にやさしくなる齢　弾・平27

# 新年

# 時候

## 新《しん》年《ねん》

あらたまの年

母の亡きあらたまの年来たりけり　お・平4

あらたまの天の橋立菌生え　お・平6

天に滝掛けあらたまの宇良神社　お・平6

あらたまの玉手筥より翁面　お・平6

あらたまの年のはじめの海鼠かな　菊・平7

あらたまの松尾大社の大磐石　松・平16

あらたまの地中海白き石拾ふ　美・平19

あらたまの美作の水ながれけり　美・平20

## 初《はつ》春《はる》

初春や歌舞伎の雪は正方形　弾・平24

## 去年今年《こぞことし》

去年　初昔

去年今年時が瀑布となりて落つ　雪・昭57

去年今年海の暗きに生きるもの　滝・昭59

去年今年けむりのやうにあまのがは　菊・平7

去年今年竜の鱗の松の幹　は・平12

湯の底の岩に尻置く初昔　松・平15

白鳥に百羽会ひしも初昔　美・平21

去年今年夢の中にも鳥居かな　弾・平25

## 元日《がんじつ》

日を高々と元日の壇の浦　滝・昭59

元日の大《だい》山《せん》少し雪増えて　は・平11

ゆつたりとゆく元日の渡月橋　弾・平25

## 元朝《がんちょう》

元旦

いのちなりけり元朝の那智の滝　滝・昭62

朝市のなき元旦の輪島かな　菊・平7

元旦のくらきをのぼる天守閣　は・平10

二日《ふつか》

元旦や錦市場に箸を買ふ　美・平23

湯の中の岩あたたかき二日かな　お・平5

横山節子さんご夫君信夫氏を悼む

二日はや肩に埃の増長天　弾・平25

四日《よっか》

四日はや君なき駅となりたるか　菊・平9

小田原紹太寺　松の花創立大会

からすうり正月四日の雨に濡れ　は・平10

七日《なぬか》

智恵の輪のはらりと解けし七日かな　弾・平26

松過《まつすぎ》

松過ぎて昭和もすぎてしまひけり　お・平元

小正月《こしょうがつ》

太巻の緋色紅色小正月　松・平18

## 天文

初明り《はつあかり》

状差に訃報数枚はつあかり　滝・昭59

天と地と五歳の少女初明り　美・平23

初日《はつひ》　初日の出

出で切つて初日の揺れの鎮まり来　滝・昭58

一本松を初日ゆるゆるのぼりゆく　滝・昭62

大江山のやや左より初日出づ　お・平6

能登の海初日一刷けありしのみ　菊・平7

オランダの午前十時の初日の出　美・平21

### 初空《はつぞら》

初御空

初御空二タ分け那智の滝落つる　滝・昭62

初空に由布の雄岳と雌岳かな　松・平15

### 初晴《はつばれ》

初晴や摘まれぬままの榠樝の実　松・平17

初晴へ初孫の乗る乳母車　美・平19

### 初霞《はつがすみ》

初霞神馬の頬の動きづめ　松・平17

### 初松籟《はつしょうらい》

光悦寺初松籟を零しけり　松・平17

### 淑気《しゅくき》

竹林の水仙の芽の淑気かな　滝・昭59

淑気満つシンデレラ城その他も　滝・昭61

眼中を滝ひとすぢの淑気かな　滝・昭62
謙信の十文字槍淑気満つ　お・平2
淑気立つ母の百日忌なれども　お・平4
しとど窟滴一滴のこの淑気　お・平4
剝落の浦島絵図の淑気かな　お・平6
どんぐりの三粒ころがる淑気かな　菊・平8
湘南の帆柱に満つ淑気かな　菊・平9
観音さま仰ぐ淑気の乙女はも　菊・平9
松ヶ枝の花とかがやく淑気かな　は・平10
水迅き糺《ただす》の森の淑気かな　松・平17
マティスロザリオ礼拝堂
淑気満つマティスのみどりとみどり児に　美・平19

## 地理

### 初景色《はつげしき》

雲割つて天降る光初山河　滝・昭60

補陀落の沖まで凪げる初景色　滝・昭62

点き初めの燈台光が海を均らす　滝・昭62

股のぞきしてたしかむる初景色　お・平6

江の島の鳶の初音のうつくしき　菊・平9

**初富士《はつふじ》**

初富士や渾身で立つ一歳児　弾・平27

## 生活

**喰積《くいつみ》**

食積や弟が来て鯛を食ぶ　松・平14

**数の子《かずのこ》**

数の子を食むや百日忌のあとは　お・平4

**花《はな》びら餅《もち》**

はなびら餅はなびらになき歯応へも　は・平11

てのひらのはなびらもちは母のやう　弾・平27

**年酒《ねんしゅ》**

紅を引く年酒の匂ふくちびるに　お・昭63

**大服《おおぶく》**　福茶

福茶受く天の橋立真正面　お・平6

**年《とし》の餅《もち》**

祝開業
ストーブに餅焼く岩本事務所かな　お・平6

真珠庵の餅の焦げゐる匂ひかな　松・平16

**雑《ぞう》煮《に》**

雑煮餅
雑煮餅伸ばしにのばす七歳児　弾・平26

**鏡《かがみ》餅《もち》**

氷河のごとき罅を蔵して鏡餅　お・平5

光堂まだやはらかき鏡餅　松・平18

**繭《まゆ》玉《だま》**

団子花
団子花その色数の十《とを》余り　滝・昭60

**初《はつ》湯《ゆ》**

月と星肩に出雲の初湯かな　は・平11

**初電話《はつでんわ》**

オランダ
日本の岡山へ初電話かな　美・平21

**笑《わらい》初《ぞめ》**

和希　はじめての正月
初泣きのたちまち笑ひ初めにけり　弾・平26

**初《はつ》鏡《かがみ》**

初鏡妻のうしろで髪を梳く　滝・昭59

**寝正月《ねしょうがつ》**

新しき千年紀まづ寝正月　は・平12

年賀状《ねんがじょう》　賀状

喉鳴らす猫を撫でつつ見る賀状　菊・平7

初旅《はつたび》

初旅の富士見ゆる駅見えぬ駅　滝・昭58

凪畳敷く初旅の壇の浦　滝・昭59

初旅にいつもの定期券見せて　滝・昭61

乗初《のりぞめ》

乗初のややくもりくる御空かな　滝・昭60

乗初めの地獄めぐりとなりにけり　松・平15

仕事始《しごとはじめ》　初仕事

仕事始やシャープペンノックして　滝・昭58

日の色のネクタイ仕事始なり　滝・昭61

踏台に飾を正す初仕事　美・平23

買初《かいぞめ》

買ひ初めの輪島塗なる夫婦箸　菊・平7

歌留多《かるた》

かるたとるはるかに遠きことのはの　お・昭63

歌留多取る女略奪するごとく　お・平3

床の間へ跳ねし清《せい》女《ぢょ》のかるたかな　は・平12

**双《すご》六《ろく》**

双六や亡き母の手のひらひらと　は・平11

**羽《は》子《ご》板《いた》**　羽子つき

弟は数へて姉は羽子をつく　菊・平7

**手《て》毬《まり》**　手毬唄

はりまにははりまのくにのてまりうた　は・平10

**独《こ》楽《ま》**

独楽を彫る刃先にうごく山の影　滝・昭60

**破《は》魔《ま》弓《ゆみ》**　破魔矢

三輪山の破魔矢の人とすれちがふ　美・平22

**獅《し》子《し》舞《まい》**

獅子の舞ふ新宿西口広場かな　美・平21

## 行事

**成人《せいじん》の日《ひ》**

成人の日の噴水の真白立ち　お・平5

何の花挿す成人の日の髪に　お・平5

## 七種《ななくさ》

七日粥　七草粥　すずな　すずしろ　根白草

妻の手に七草の香の残りゐて　滝・昭59

平成の御代のすずしろすずなかな　松・平17

播磨野の夢《ゆめ》前《さき》川の根白草　松・平17

七日粥生くることのみこころざす　美・平23

粥の七草ほんのりとほのぼのと　弾・平27

## 若菜摘《わかなつみ》

若菜摘む日本武尊《やまとたける》の焼きし野の　松・平17

## 七種爪《ななくさづめ》

なづな爪

なづな爪しばらくながめゐたりけり　お・平2

## 奈良《なら》の山焼《やまやき》

若草山を焼けと上がりし大花火　松・平15

首筋を若草山の火がのぼる　松・平15

燃え尽きし若草山の闇がある　松・平15

**鳥追《とりおい》**

鳥追のたいまつ強く振り燃やす　奥会津　松・平16

鳥追のしんがりの背の真暗闇　奥会津　松・平16

**左義長《さぎちょう》**

どんど　飾焚く

どんど囲みて餅花が満開よ　大磯　滝・昭58

炎ゆる火のまんまん中へ飾投ぐ　滝・昭58

どんど火の沖の闇までとどかざる　滝・昭58

防波堤超えてどんどの煙かな　滝・昭58

どんど火へ海の闇より男出づ　滝・昭58

どんど倒れて山風の冷襲ふ　滝・昭58

夜の海へ引く左義長の道祖神　は・平11

てのひらにどんどのにほひ持ち帰る　は・平11

**初詣《はつもうで》**

くらがりを脇社へ抜ける初詣　お・昭63

初詣大切に持つ飴細工　弾・平23

あたたかき三輪さうめんや初詣　弾・平24

**恵方詣《えほうまいり》**　恵方道

業平邸跡とありけり恵方道　美・平22

**白朮詣《おけらまいり》**　白朮火

白朮《をけら》火《び》を振り振り人を待ちにけり　は・平13

白朮火の一寸先の都かな　は・平13

**十日戎《とおかえびす》**　戎笹

横丁の闇へえびすの笹が入る　松・平15

**初天神《はってんじん》**

初天神石の橋抜け石の道　松・平14

**初大師《はつだいし》**　初弘法

東寺
護摩焚いて初弘法に雪降らす　雪・昭51

東寺
初弘法法悦の雪降り来たる　雪・昭51

## 動物

**初《はつ》鴉《がらす》**

動くもの嘴に咥へて初鴉　滝・昭61

京　吉田神社

こけら葺屋根に鳴きける初烏　弾・平26

**嫁《よめ》が君《きみ》**

松が枝やながながし尾の嫁が君　松・平17

嫁が君にも馬面のありにけり　松・平17

## 植物

**薺《なずな》**　薺摘む

屋上の鉢より薺摘みにけり　松・平18

# 季語索引

## あ


藍浴衣【あいゆかた】（夏）84
青嵐【あおあらし】（夏）70
葵【あおい】（夏）124
葵祭【あおいまつり】（夏）98
青梅【あおうめ】（夏）116
青き踏む【あおきふむ】（春）28
青胡桃【あおくるみ】（夏）116
青芝【あおしば】（夏）128
青田【あおた】（夏）81
青田風【あおたかぜ】（夏）81
青嶺【あおね】（夏）78
青葉【あおば】（夏）117
青葉潮【あおばじお】（夏）80
青芭蕉【あおばしょう】（夏）125
青葉木菟【あおばずく】（夏）103
青葡萄【あおぶどう】（夏）116
青蜜柑【あおみかん】（秋）178
青麦【あおむぎ】（春）55
アカシアの花【あかしあのはな】（夏）121
赤蜻蛉【あかとんぼ】（秋）172
赤のまんま【あかのまんま】（秋）193
赤富士【あかふじ】（夏）78
赤まんま【あかまんま】（秋）193
秋【あき】（秋）132
秋暑し【あきあつし】（秋）134
秋麗【あきうらら】（秋）137
秋霞【あきがすみ】（秋）153
秋風【あきかぜ】（秋）146
秋雲【あきぐも】（秋）142
秋曇【あきぐもり】（秋）149
秋暮るる【あきくるる】（秋）140
秋桜【あきざくら】（秋）185
秋鯖【あきさば】（秋）169
秋雨【あきさめ】（秋）149
秋潮【あきしお】（秋）156
秋時雨【あきしぐれ】（秋）150
秋澄む【あきすむ】（秋）137
秋高し【あきたかし】（秋）142
秋立つ【あきたつ】（秋）133
あきつ【あきつ】（秋）172
秋燕【あきつばめ】（秋）168
秋出水【あきでみず】（秋）156
秋茄子【あきなす】（秋）186
秋の雨【あきのあめ】（秋）149
秋の蚊【あきのか】（秋）170
秋の風【あきのかぜ】（秋）146
秋の川【あきのかわ】（秋）156
秋の麒麟草【あきのきりんそう】（秋）189
秋の雲【あきのくも】（秋）142
秋の暮【あきのくれ】（秋）137
秋の潮【あきのしお】（秋）156
秋の蟬【あきのせみ】（秋）171
秋の空【あきのそら】（秋）141
秋の蝶【あきのちょう】（秋）170
秋の虹【あきのにじ】（秋）150
秋の錦【あきのにしき】（秋）153
秋の果【あきのはて】（秋）140
秋の浜【あきのはま】（秋）156
秋の日【あきのひ】（秋）137
秋の灯【あきのひ】（秋）157

秋の星【あきのほし】（秋）145
秋の蛍【あきのほたる】（秋）170
秋の水【あきのみず】（秋）154
秋の山【あきのやま】（秋）153
秋の落日【あきのらくじつ】（秋）153
秋薔薇【あきばら】（秋）177
秋晴【あきばれ】（秋）141
秋彼岸【あきひがん】（秋）136
秋深し【あきふかし】（秋）140
秋祭【あきまつり】（秋）164
秋落暉【あきらっき】（秋）153
通草【あけび】（秋）183
明易し【あけやすし】（夏）66
朝顔【あさがお】（秋）184
朝霧【あさぎり】（秋）151
朝桜【あさざくら】（春）45
朝寒【あささむ】（秋）139
朝霜【あさしも】（冬）211
浅漬【あさづけ】（冬）220
朝露【あさつゆ】（秋）152
朝寝【あさね】（春）30
薊【あざみ】（春）58
紫陽花【あじさい】（夏）114
蘆火【あしび】（秋）159
蘆焼【あしやき】（秋）159
蘆若葉【あしわかば】（春）58
汗【あせ】（夏）95
暖か【あたたか】（春）13
熱燗【あつかん】（冬）219
厚氷【あつごおり】（冬）217
暑し【あつし】（夏）66
穴子【あなご】（夏）105
アネモネ【あねもね】（春）54
虻【あぶ】（春）41
油蟬【あぶらぜみ】（夏）109
油照【あぶらでり】（夏）77
海女【あま】（春）27
雨蛙【あまがえる】（夏）101
甘茶【あまちゃ】（春）33
天の川【あまのがわ】（秋）146
海女の笛【あまのふえ】（春）27
余り苗【あまりなえ】（夏）128
網戸【あみど】（夏）88
飴湯【あめゆ】（夏）87
水馬【あめんぼ】（夏）109
あめんぼう【あめんぼう】（夏）109
あらたまの年【あらたまのとし】（新年）248
荒梅雨【あらづゆ】（夏）72
泡立草【あわだちそう】（秋）189
淡雪【あわゆき】（春）20
鮟鱇【あんこう】（冬）235

## い

飯蛸【いいだこ】（春）39
烏賊釣【いかつり】（夏）90
烏賊釣火【いかつりび】（夏）90
鮊子【いかなご】（春）39
息白し【いきしろし】（冬）223
生御魂【いきみたま】（秋）162
生身魂【いきみたま】（秋）162
石たたき【いしたたき】（秋）169
泉【いずみ】（夏）81

鼬【いたち】（冬）231
一月【いちがつ】（冬）202
一の酉【いちのとり】（冬）227
銀杏落葉
【いちょうおちば】（冬）242
一葉忌【いちようき】（冬）230
銀杏散る【いちょうちる】（秋）181
冱つる【いつる】（冬）206
凍【いて】（冬）206
凍鶴【いてづる】（冬）235
竈馬【いとど】（秋）173
糸取【いととり】（夏）90
糸取女【いととりめ】（夏）90
糸蜻蛉【いととんぼ】（夏）110
稲雀【いなすずめ】（秋）168
稲妻【いなずま】（秋）150
稲田【いなだ】（秋）187
稲田雀【いなだすずめ】（秋）168
稲光【いなびかり】（秋）150
稲穂【いなほ】（秋）187
犬ふぐり【いぬふぐり】（春）57
稲【いね】（秋）187
稲刈【いねかり】（秋）158
稲の花【いねのはな】（秋）187
猪【いのしし】（秋）167
藺の花【いのはな】（夏）129
藷【いも】（秋）186
芋【いも】（秋）187
芋虫【いもむし】（秋）175
蠑螈【いもり】（夏）102
海豚【いるか】（冬）235
色変えぬ松
【いろかえぬまつ】（秋）182
色鳥【いろどり】（秋）167
色無き風【いろなきかぜ】（秋）148
鰯雲【いわしぐも】（秋）142
岩燕【いわつばめ】（春）37

う

植田【うえた】（夏）80
魚島【うおじま】（春）39
鶯【うぐいす】（春）36
鶯笛【うぐいすぶえ】（春）29
牛冷す【うしひやす】（夏）89
雨水【うすい】（春）10
埋火【うずみび】（冬）221
薄氷【うすらい】（春）24
鷽【うそ】（春）36
うそ寒【うそさむ】（秋）139
打水【うちみず】（夏）89
団扇【うちわ】（夏）88
空蟬【うつせみ】（夏）110
独活の花【うどのはな】（夏）126
優曇華【うどんげ】（夏）111
鰻【うなぎ】（夏）105
卯波【うなみ】（夏）80
卯の花【うのはな】（夏）120
海の家【うみのいえ】（夏）92
梅【うめ】（春）42
梅酒【うめしゅ】（夏）87
梅見【うめみ】（春）28
麗か【うららか】（春）14
漆紅葉【うるしもみじ】（秋）181
鱗雲【うろこぐも】（秋）142
蟒草【うわばみそう】（春）59

雲海【うんかい】（夏）74
運動会【うんどうかい】（秋）160

え

金雀枝【えにしだ】（夏）115
狗尾草【えのころぐさ】（秋）190
戎笹【えびすささ】（新年）259
恵方詣【えほうまいり】（新年）259
恵方道【えほうみち】（新年）259
笑栗【えみぐり】（秋）179
衣紋竹【えもんだけ】（夏）85
襟巻【えりまき】（冬）219
炎暑【えんしょ】（夏）67
炎昼【えんちゅう】（夏）66
炎天【えんてん】（夏）76
炎天下【えんてんか】（夏）76
炎熱【えんねつ】（夏）67

お

老鶯【おいうぐいす】（夏）103
扇【おうぎ】（夏）88
楝の花【おうちのはな】（夏）121
桜桃忌【おうとうき】（夏）100
桜桃の実【おうとうのみ】（夏）116
狼【おおかみ】（冬）231
大年【おおどし】（冬）201
大西日【おおにしび】（夏）76
大服【おおぶく】（新年）253
大晦日【おおみそか】（冬）201
大鷲【おおわし】（冬）232
大綿【おおわた】（冬）236
翁忌【おきなき】（冬）230
白朮火【おけらび】（新年）259
白朮詣【おけらまいり】（新年）259
虎魚【おこぜ】（夏）105
白粉花【おしろいばな】（秋）185
尾白鷲【おじろわし】（冬）232
お松明【おたいまつ】（春）32
お玉杓子
【おたまじゃくし】（春）35
落鰻【おちうなぎ】（秋）169
落栗【おちぐり】（秋）179
落椿【おちつばき】（春）44
落葉【おちば】（冬）241
落葉焚【おちばたき】（冬）241
おでん【おでん】（冬）220
落し文【おとしぶみ】（夏）109
落し水【おとしみず】（秋）154
踊【おどり】（秋）163
踊の輪【おどりのわ】（秋）163
鬼の捨子【おにのすてご】（秋）175
鬼火【おにび】（冬）218
鬼やらい【おにやらい】（冬）226
鬼百合【おにゆり】（夏）124
鉄漿蜻蛉
【おはぐろとんぼ】（夏）111
お花畑【おはなばたけ】（夏）79
御火焚【おほたき】（冬）227
朧【おぼろ】（春）17
朧月【おぼろづき】（春）17
女郎花【おみなえし】（秋）191

## か

カーネーション【かーねーしょん】（夏）124
海市【かいし】（春）22
海水着【かいすいぎ】（夏）84
買初【かいぞめ】（新年）255
外套【がいとう】（冬）218
帰り咲【かえりざき】（冬）236
帰り花【かえりばな】（冬）236
帰る雁【かえるかり】（春）37
顔見世【かおみせ】（冬）225
案山子【かがし】（秋）158
鏡餅【かがみもち】（新年）254
ががんぼ【ががんぼ】（夏）111
柿【かき】（秋）178
牡蠣【かき】（冬）235
かき氷【かきごおり】（夏）87
杜若【かきつばた】（夏）123
燕子花【かきつばた】（夏）123
牡蠣フライ【かきふらい】（冬）235
かぎろい【かぎろい】（春）21
蚊喰鳥【かくいどり】（夏）101
額の花【がくのはな】（夏）115
神楽【かぐら】（冬）228
懸大根【かけだいこん】（冬）222
陽炎【かげろう】（春）21
風車【かざぐるま】（春）29
風車売【かざぐるまうり】（春）29
風花【かざはな】（冬）214
傘鉾【かさぼこ】（夏）99
飾焚く【かざりたく】（新年）258
火事【かじ】（冬）222
河鹿【かじか】（夏）102
梶の葉【かじのは】（秋）161
賀状【がじょう】（新年）255
柏餅【かしわもち】（夏）86
数の子【かずのこ】（新年）253
霞【かすみ】（春）21
風邪【かぜ】（冬）223
風薫る【かぜかおる】（夏）70
風光る【かぜひかる】（春）18
片栗の花【かたくりのはな】（春）58
形代流す【かたしろながす】（夏）99
蝸牛【かたつむり】（夏）112
かたつむり【かたつむり】（夏）112
郭公【かっこう】（夏）103
蝌蚪【かと】（春）35
門松立つ【かどまつたつ】（冬）224
かなかな【かなかな】（秋）172
蟹【かに】（夏）105
黴【かび】（夏）130
蕪【かぶ】（冬）245
南瓜【かぼちゃ】（秋）186
南瓜の花【かぼちゃのはな】（夏）125
鎌鼬【かまいたち】（冬）210
鎌切【かまきり】（秋）175
蒲の穂【がまのほ】（夏）129
髪洗う【かみあらう】（夏）95
雷【かみなり】（夏）75
神の旅【かみのたび】（冬）227
神の留守【かみのるす】（冬）227

鴨【かも】（冬）234
賀茂祭【かもまつり】（夏）98
空風【からかぜ】（冬）209
からすあげは
【からすあげは】（夏）106
烏瓜【からすうり】（秋）193
空つ風【からっかぜ】（冬）209
雁【かり】（秋）169
刈田【かりた】（秋）154
雁渡し【かりわたし】（秋）149
榠樝の実【かりんのみ】（秋）180
花梨の実【かりんのみ】（秋）180
枯る【かる】（冬）243
歌留多【かるた】（新年）255
枯蘆【かれあし】（冬）245
枯柏【かれかしわ】（冬）244
涸川【かれがわ】（冬）216
枯木【かれき】（冬）242
枯桑【かれくわ】（冬）242
枯芝【かれしば】（冬）245
枯野【かれの】（冬）216
枯萩【かれはぎ】（冬）245
枯蓮【かれはす】（冬）244
枯葎【かれむぐら】（冬）246
枯山【かれやま】（冬）215
川蜻蛉【かわとんぼ】（夏）111
河原の納涼
【かわらのすずみ】（夏）91
寒【かん】（冬）203
寒明【かんあけ】（春）8
寒霞【かんがすみ】（冬）215
寒鴉【かんがらす】（冬）233
寒巌【かんがん】（冬）205
寒暁【かんぎょう】（冬）204
寒禽【かんきん】（冬）232
寒月【かんげつ】（冬）207
閑古鳥【かんこどり】（夏）103
元日【がんじつ】（新年）249
寒昴【かんすばる】（冬）208
萱草の花
【かんぞうのはな】（夏）129
寒卵【かんたまご】（冬）220
元旦【がんたん】（新年）249
元朝【がんちょう】（新年）249
寒椿【かんつばき】（冬）238
寒天【かんてん】（冬）207
寒濤【かんとう】（冬）217
寒燈【かんとう】（冬）221
神無月【かんなづき】（冬）196
寒念仏【かんねぶつ】（冬）229
寒の入【かんのいり】（冬）203
寒の内【かんのうち】（冬）203
観梅【かんばい】（春）28
寒風【かんぷう】（冬）208
寒星【かんぼし】（冬）208
寒牡丹【かんぼたん】（冬）237
寒もどり【かんもどり】（春）10
寒夜【かんや】（冬）205

き

木苺【きいちご】（夏）116
喜雨【きう】（夏）73
帰燕【きえん】（秋）168
祇園会【ぎおんえ】（夏）99
帰雁【きがん】（春）37

桔梗【ききょう】（秋）191
菊【きく】（秋）185
菊花展【きくかてん】（秋）159
如月【きさらぎ】（春）11
雉【きじ】（春）36
ぎす【ぎす】（秋）174
鱚釣【きすつり】（夏）90
きちきち【きちきち】（秋）174
狐火【きつねび】（冬）218
衣被【きぬかつぎ】（秋）156
茸【きのこ】（秋）193
着ぶくれ【きぶくれ】（冬）218
木守【きまもり】（冬）240
木守柿【きもりがき】（冬）240
キャンプ【きゃんぷ】（夏）92
キャンプファイヤー【きゃんぷふぁいやー】（夏）92
休暇明【きゅうかあけ】（秋）160
休暇果つ【きゅうかはつ】（秋）160
旧正月【きゅうしょうがつ】（春）8
牛馬冷す【ぎゅうばひやす】（夏）89
夾竹桃【きょうちくとう】（夏）115
御忌【ぎょき】（春）33
霧【きり】（秋）151
螽蟖【きりぎりす】（秋）174
桐の花【きりのはな】（夏）121
桐の実【きりのみ】（秋）183
桐一葉【きりひとは】（秋）181
切干【きりぼし】（冬）222
銀河【ぎんが】（秋）146
金柑【きんかん】（秋）180
銀漢【ぎんかん】（秋）146
金魚【きんぎょ】（夏）104
金魚玉【きんぎょだま】（夏）94
金風【きんぷう】（秋）146
金目鯛【きんめだい】（冬）235
金木犀【きんもくせい】（秋）176

## く

喰積【くいつみ】（新年）253
空海忌【くうかいき】（春）32
九月【くがつ】（秋）136
草枯【くさがれ】（冬）245
草田男忌【くさたおき】（夏）101
草の穂【くさのほ】（秋）188
草の実【くさのみ】（秋）188
草の芽【くさのめ】（春）55
草の若葉【くさのわかば】（春）56
草の絮【くさのわた】（秋）188
嚔【くさめ】（冬）223
草萌【くさもえ】（春）55
草餅【くさもち】（春）25
草紅葉【くさもみじ】（秋）188
草若葉【くさわかば】（春）56
葛【くず】（秋）190
樟落葉【くすおちば】（夏）120
葛切【くずきり】（夏）86
葛練【くずねり】（夏）86
葛の葉【くずのは】（秋）190
葛の花【くずのはな】（秋）190
梔子の花【くちなしのはな】（夏）115

熊【くま】（冬）231
熊穴に入る【くまあなにいる】（冬）231
熊鷹【くまだか】（冬）231
蜘蛛【くも】（夏）111
蜘蛛の子【くものこ】（夏）111
雲の峰【くものみね】（夏）69
水母【くらげ】（夏）106
栗【くり】（秋）179
クリスマス【くりすます】（冬）229
栗の花【くりのはな】（夏）116
クレープシャツ【くれーぷしゃつ】（夏）84
暮れかぬる【くれかぬる】（春）14
暮の秋【くれのあき】（秋）140
鍬形虫【くわがたむし】（夏）108
桑枯る【くわかる】（冬）242
君子蘭【くんしらん】（春）54
薫風【くんぷう】（夏）70

け

啓蟄【けいちつ】（春）12
毛糸編む【けいとあむ】（冬）219
鶏頭【けいとう】（秋）184
敬老の日【けいろうのひ】（秋）161
夏至【げし】（夏）65
罌粟の花【けしのはな】（夏）124
毛見【けみ】（秋）160
検見【けみ】（秋）160
毛虫【けむし】（夏）107
牽牛花【けんぎゅうか】（秋）184
紫雲英【げんげ】（春）56
げんげ田【げんげだ】（春）56
建国記念日【けんこくきねんび】（春）30
建国の日【けんこくのひ】（春）30
原爆忌【げんばくき】（夏）96
原爆の日【げんばくのひ】（夏）96

こ

恋猫【こいねこ】（春）35
鯉幟【こいのぼり】（夏）97
子芋【こいも】（秋）187
耕耘機【こううんき】（春）26
光太郎忌【こうたろうき】（春）35
紅梅【こうばい】（春）43
蝙蝠【こうもり】（夏）101
氷【こおり】（冬）217
氷水【こおりみず】（夏）87
蟋蟀【こおろぎ】（秋）174
五月【ごがつ】（夏）62
五月来る【ごがつくる】（夏）62
金亀虫【こがねむし】（夏）109
黄金虫【こがねむし】（夏）109
凩【こがらし】（冬）208
木枯【こがらし】（冬）208
極月【ごくげつ】（冬）200

苔の花【こけのはな】（夏）130
苔桃【こけもも】（秋）192
苔桃の実【こけもものみ】（秋）192
木下闇【こしたやみ】（夏）119
小正月【こしょうがつ】（新年）250
御正忌【ごしょうき】（冬）228
子雀【こすずめ】（春）38
コスモス【こすもす】（秋）185
五千石忌【ごせんごくき】（秋）165
去年【こぞ】（新年）248
去年今年【こぞことし】（新年）248
東風【こち】（春）18
今年竹【ことしだけ】（夏）122
小鳥【ことり】（秋）167
木の葉【このは】（冬）241
木の実【このみ】（秋）182
木の実拾う【このみひろう】（秋）182
木の芽【このめ】（春）52
小春【こはる】（冬）197
小春日【こはるび】（冬）197
小春日和【こはるびより】（冬）197
辛夷【こぶし】（春）50
牛蒡引く【ごぼうひく】（秋）159
独楽【こま】（新年）256
菰巻【こもまき】（冬）220
暦売【こよみうり】（冬）224
御来迎【ごらいごう】（夏）74
小六月【ころくがつ】（冬）197
五郎助【ごろすけ】（冬）233
更衣【ころもがえ】（夏）83
昆虫採集【こんちゅうさいしゅう】（夏）94

さ

サーフィン【さーふぃん】（夏）91
サーフボード【さーふぼーど】（夏）91
西鶴忌【さいかくき】（秋）165
皂角子【さいかち】（秋）183
西行忌【さいぎょうき】（春）33
在五忌【ざいごき】（夏）100
西東忌【さいとうき】（春）35
歳晩【さいばん】（冬）200
冴返る【さえかえる】（春）10
囀【さえずり】（春）38
囀る【さえずる】（春）38
早乙女【さおとめ】（夏）89
左義長【さぎちょう】（新年）258
桜【さくら】（春）45
桜貝【さくらがい】（春）40
桜草【さくらそう】（春）57
桜鯛【さくらだい】（春）39
桜吹雪【さくらふぶき】（春）49
さくらんぼ【さくらんぼ】（夏）116
石榴【ざくろ】（秋）180
鮭【さけ】（秋）170
栄螺【さざえ】（春）40
笹子鳴く【ささごなく】（冬）233
笹鳴【ささなき】（冬）233

山茶花【さざんか】（冬）238
五月晴【さつきばれ】（夏）75
五月闇【さつきやみ】（夏）75
甘藷【さつまいも】（秋）186
里神楽【さとかぐら】（冬）228
早苗【さなえ】（夏）128
実朝忌【さねともき】（春）33
鯖【さば】（夏）104
鯖雲【さばぐも】（秋）143
さびたの花【さびたのはな】（夏）122
サマーハウス【さまーはうす】（夏）92
五月雨【さみだれ】（夏）72
寒し【さむし】（冬）205
さやけし【さやけし】（秋）137
鱵【さより】（春）39
百日紅【さるすべり】（夏）115
爽か【さわやか】（秋）137
三月【さんがつ】（春）11
三寒四温【さんかんしおん】（冬）206
三鬼忌【さんきき】（春）35
三鬼の忌【さんきのき】（春）35
サングラス【さんぐらす】（夏）84
山茱萸の花【さんしゅゆのはな】（春）50
残暑【ざんしょ】（秋）134
山椒魚【さんしょううお】（夏）102
山椒薔薇【さんしょうばら】（夏）113
三人官女【さんにんかんじょ】（春）30
秋刀魚【さんま】（秋）169

し

椎の花【しいのはな】（夏）122
椎の実【しいのみ】（秋）182
潮干潟【しおひがた】（春）23
紫苑【しおん】（秋）186
四温【しおん】（冬）206
鹿【しか】（秋）166
四月【しがつ】（春）12
四月尽【しがつじん】（春）16
四月馬鹿【しがつばか】（春）32
鹿鳴く【しかなく】（秋）166
子規忌【しきき】（秋）166
時雨【しぐれ】（冬）210
時雨忌【しぐれき】（冬）230
仕事始【しごとはじめ】（新年）255
地芝居【じしばい】（秋）164
獅子舞【ししまい】（新年）256
地蔵盆【じぞうぼん】（秋）164
滴り【したたり】（夏）82
下萌【したもえ】（春）55
下闇【したやみ】（夏）119
枝垂桜【しだれざくら】（春）45
七月【しちがつ】（夏）65
七五三【しちごさん】（冬）225
自然薯【じねんじょ】（秋）187
芝萌ゆる【しばもゆる】（春）56
渋団扇【しぶうちわ】（夏）88
渋柿【しぶがき】（秋）178
四万六千日

【しまんろくせんにち】（夏）100
清水【しみず】（夏）81
凍豆腐【しみどうふ】（冬）220
凍豆腐造る
【しみどうふつくる】（冬）220
霜【しも】（冬）211
霜柱【しもばしら】（冬）217
霜晴【しもばれ】（冬）211
霜夜【しもよ】（冬）205
社会鍋【しゃかいなべ】（冬）224
馬鈴薯【じゃがいも】（秋）186
馬鈴薯の花
【じゃがいものはな】（夏）125
著莪の花
【しゃがのはな】（夏）129
尺蠖【しゃくとり】（夏）107
尺取虫【しゃくとりむし】（夏）107
芍薬【しゃくやく】（夏）123
蝦蛄葉仙人掌
【しゃこばさぼてん】（冬）244
石鹸玉【しゃぼんだま】（春）29
沙羅の花【しゃらのはな】（夏）122
シャワー【しゃわー】（夏）89
十一月【じゅういちがつ】（冬）196
秋陰【しゅういん】（秋）149
十月【じゅうがつ】（秋）136
十月桜
【じゅうがつざくら】（冬）237
秋耕【しゅうこう】（秋）158
十三詣
【じゅうさんまいり】（春）31
十三夜【じゅうさんや】（秋）145
秋思【しゅうし】（秋）160
秋暑【しゅうしょ】（秋）134
秋蟬【しゅうせん】（秋）171
終戦記念日
【しゅうせんきねんび】（秋）160
終戦日【しゅうせんび】（秋）160
秋天【しゅうてん】（秋）141
秋燈【しゅうとう】（秋）157
十二月【じゅうにがつ】（冬）198
十薬【じゅうやく】（夏）129
秋霖【しゅうりん】（秋）149
秋冷【しゅうれい】（秋）138
淑気【しゅくき】（新年）251
修二会【しゅにえ】（春）32
棕櫚の花【しゅろのはな】（夏）121
春陰【しゅんいん】（春）22
俊寛忌【しゅんかんき】（春）34
春菊【しゅんぎく】（春）54
春暁【しゅんぎょう】（春）13
春光【しゅんこう】（春）16
春愁【しゅんしゅう】（春）30
春筍【しゅんじゅん】（春）53
春宵【しゅんしょう】（春）13
春水【しゅんすい】（春）23
春星【しゅんせい】（春）17
春雪【しゅんせつ】（春）19
春昼【しゅんちゅう】（春）13
春潮【しゅんちょう】（春）23
春泥【しゅんでい】（春）24
春燈【しゅんとう】（春）25
小寒【しょうかん】（冬）203
障子【しょうじ】（冬）221
障子洗う
【しょうじあらう】（秋）158

尉鶲【じょうびたき】（秋）169
菖蒲園【しょうぶえん】（夏）123
小満【しょうまん】（夏）64
処暑【しょしょ】（秋）135
除夜【じょや】（冬）202
除夜の鐘【じょやのかね】（冬）229
白息【しらいき】（冬）223
白魚【しらうお】（春）39
白魚汁【しらおじる】（春）39
白菊【しらぎく】（秋）185
不知火【しらぬい】（秋）156
白百合【しらゆり】（夏）124
シリウス【しりうす】（冬）208
白酒【しろざけ】（春）25
代田【しろた】（夏）80
白南風【しろはえ】（夏）70
白萩【しろはぎ】（秋）188
白芙蓉【しろふよう】（秋）177
白木槿【しろむくげ】（秋）176
師走【しわす】（冬）200
蜃気楼【しんきろう】（春）22
新酒【しんしゅ】（秋）157
新樹【しんじゅ】（夏）117
深秋【しんしゅう】（秋）140
新雪【しんせつ】（冬）212
新松子【しんちぢり】（秋）182
新茶【しんちゃ】（夏）87
新豆腐【しんどうふ】（秋）157
新年【しんねん】（新年）248
親鸞忌【しんらんき】（冬）228
新涼【しんりょう】（秋）134
新緑【しんりょく】（夏）118
新藁【しんわら】（秋）159


## す


西瓜【すいか】（秋）186
吸葛【すいかずら】（夏）121
忍冬の花【すいかずらのはな】（夏）121
水仙【すいせん】（冬）244
酸葉【すいば】（春）57
酔芙蓉【すいふよう】（秋）177
睡蓮【すいれん】（夏）124
すかんぽ【すかんぽ】（春）57
末黒野【すぐろの】（春）23
双六【すごろく】（新年）256
冷まじ【すさまじ】（秋）140
涼風【すずかぜ】（夏）71
薄【すすき】（秋）189
芒【すすき】（秋）189
芒野【すすきの】（秋）189
芒原【すすきはら】（秋）189
煤籠【すすごもり】（冬）224
涼し【すずし】（夏）67
すずしろ【すずしろ】（新年）257
すずな【すずな】（新年）257
煤逃【すすにげ】（冬）224
煤払【すすはらい】（冬）224
納涼【すずみ】（夏）90
納涼舟【すずみぶね】（夏）90
鈴虫【すずむし】（秋）174
雀隠れ【すずめがくれ】（春）55
雀の子【すずめのこ】（春）38
雀蛤となる【すずめはまぐりとなる】（秋）137

酢海鼠【すなまこ】（冬）219
巣箱【すばこ】（春）39

せ

世阿弥忌【ぜあみき】（秋）165
聖五月【せいごがつ】（夏）62
誓子忌【せいしき】（春）34
聖樹【せいじゅ】（冬）229
成人の日【せいじんのひ】（新年）256
製茶【せいちゃ】（春）27
清明【せいめい】（春）12
聖夜【せいや】（冬）229
清涼飲料水【せいりょういんりょうすい】（夏）86
セーター【せーたー】（冬）218
鶺鴒【せきれい】（秋）169
雪渓【せっけい】（夏）78
雪原【せつげん】（冬）216
節分【せつぶん】（冬）207
雪片【せっぺん】（冬）212
雪嶺【せつれい】（冬）215
蟬【せみ】（夏）109
蟬生る【せみうまる】（夏）109
蟬時雨【せみしぐれ】（夏）109
セル【せる】（夏）83
扇子【せんす】（夏）88
剪定【せんてい】（春）27
扇風機【せんぷうき】（夏）88
薇【ぜんまい】（春）57

そ

霜降【そうこう】（秋）139
早春【そうしゅん】（春）9
漱石忌【そうせきき】（冬）230
雑煮【ぞうに】（新年）254
雑煮餅【ぞうにもち】（新年）254
爽涼【そうりょう】（秋）137
底冷【そこびえ】（冬）205
外寝【そとね】（夏）95
蕎麦刈【そばかり】（冬）222
蚕豆【そらまめ】（夏）126

た

大寒【だいかん】（冬）203
大根干す【だいこんほす】（冬）222
泰山木の花【たいさんぼくのはな】（夏）115
大試験【だいしけん】（春）30
大暑【たいしょ】（夏）67
大豆【だいず】（秋）188
大雪【たいせつ】（冬）199
颱風【たいふう】（秋）149
台風【たいふう】（秋）149
台風圏【たいふうけん】（秋）149
大文字【だいもんじ】（秋）163
鯛焼【たいやき】（冬）219
田植【たうえ】（夏）89
鷹【たか】（冬）231
耕【たがえし】（春）26
高きに登る【たかきにのぼる】（秋）164
多佳子忌【たかこき】（夏）100

たがやし【たがやし】（春）26
たかんな【たかんな】（夏）126
滝【たき】（夏）82
滝壺【たきつぼ】（夏）82
焚火【たきび】（冬）222
滝道【たきみち】（夏）82
竹馬【たけうま】（冬）223
竹の秋【たけのあき】（春）53
竹の皮脱ぐ
【たけのかわぬぐ】（夏）122
筍【たけのこ】（夏）126
竹の春【たけのはる】（秋）183
凧【たこ】（春）28
立葵【たちあおい】（夏）124
橘の花【たちばなのはな】（夏）114
立子忌【たつこき】（春）34
獺祭忌【だっさいき】（秋）166
蓼の花【たでのはな】（秋）192
七夕【たなばた】（秋）161
田螺【たにし】（春）40
田螺鳴く【たにしなく】（春）40
狸【たぬき】（冬）231
狸汁【たぬきじる】（冬）220
種採【たねとり】（秋）159
種蒔【たねまき】（春）27
玉椿【たまつばき】（春）44
玉解く芭蕉
【たまとくばしょう】（夏）125
玉葱【たまねぎ】（夏）127
玉巻く芭蕉
【たまくばしょう】（夏）125
楤の芽【たらのめ】（春）52
端午【たんご】（夏）96
団子花【だんごばな】（新年）254
短日【たんじつ】（冬）205
丹頂【たんちょう】（冬）235
探梅【たんばい】（冬）223
暖房【だんぼう】（冬）221
暖房車【だんぼうしゃ】（冬）221
蒲公英【たんぽぽ】（春）56

ち

知恵貰い【ちえもらい】（春）31
近松忌【ちかまつき】（冬）230
竹婦人【ちくふじん】（夏）88
竹夫人【ちくふじん】（夏）88
遅日【ちじつ】（春）14
父子草【ちちこぐさ】（春）58
父の日【ちちのひ】（夏）96
秩父夜祭
【ちちぶよまつり】（冬）228
ちちろ【ちちろ】（秋）174
ちちろ虫【ちちろむし】（秋）174
千歳飴【ちとせあめ】（冬）225
千鳥【ちどり】（冬）234
茅の輪【ちのわ】（夏）99
粽【ちまき】（夏）86
茶摘【ちゃつみ】（春）27
茶の花【ちゃのはな】（冬）239
茶揉み【ちゃもみ】（春）27
ちゃんちゃんこ
【ちゃんちゃんこ】（冬）218
チューリップ
【ちゅーりっぷ】（春）54
蝶【ちょう】（春）41

沼空忌【ちょうくうき】（秋）166

## つ

追儺【ついな】（冬）226
月【つき】（秋）143
月の出【つきので】（秋）143
月鉾【つきほこ】（夏）99
月見【つきみ】（秋）159
月見草【つきみそう】（夏）129
月を待つ【つきをまつ】（秋）159
土筆【つくし】（春）56
つくしんぼ【つくしんぼ】（春）56
つちぐもり【つちぐもり】（春）18
霾【つちふる】（春）18
躑躅【つつじ】（春）51
椿【つばき】（春）44
つばくらめ【つばくらめ】（春）36
茅花【つばな】（春）58
燕【つばめ】（春）36
燕帰る【つばめかえる】（秋）168
冷し【つめたし】（冬）205
梅雨【つゆ】（夏）72
露【つゆ】（秋）152
梅雨入り【つゆいり】（夏）64
露草【つゆくさ】（秋）192
露けし【つゆけし】（秋）152
露涼し【つゆすずし】（夏）73
梅雨に入る【つゆにいる】（夏）64
強東風【つよごち】（春）18
つらつら椿
【つらつらつばき】（春）44
氷柱【つらら】（冬）217
鶴【つる】（冬）235
鶴帰る【つるかえる】（春）37
釣瓶落し【つるべおとし】（秋）153
石蕗の花【つわのはな】（冬）246

## て

手袋【てぶくろ】（冬）219
手毬【てまり】（新年）256
手毬唄【てまりうた】（新年）256
田園忌【でんえんき】（秋）165
田楽【でんがく】（春）25
伝教会【でんぎょうえ】（夏）99
伝教大師忌
【でんぎょうだいしき】（夏）99
天高し【てんたかし】（秋）142
天狼【てんろう】（冬）208

## と

燈火親しむ
【とうかしたしむ】（秋）157
唐辛子の花
【とうがらしのはな】（夏）126
冬耕【とうこう】（冬）222
冬至【とうじ】（冬）199
冬至風呂【とうじぶろ】（冬）225
踏青【とうせい】（春）28
冬眠【とうみん】（冬）231
冬麗【とうれい】（冬）207
蟷螂【とうろう】（秋）175
蟷螂枯る【とうろうかる】（冬）235
燈籠流【とうろうながし】（秋）163

十日戎【とおかえびす】（新年）259
十日月【とおかづき】（秋）143
通し鴨【とおしがも】（夏）104
遠花火【とおはなび】（夏）93
蜥蜴【とかげ】（夏）102
常磐木落葉
【ときわぎおちば】（夏）120
毒茸【どくたけ】（秋）193
心太【ところてん】（夏）86
登山【とざん】（夏）91
登山帽【とざんぼう】（夏）91
年送る【としおくる】（冬）226
年暮るる【としくるる】（冬）200
年越【としこし】（冬）202
年越蕎麦
【としこしそば】（冬）226
年の暮【としのくれ】（冬）200
年の果【としのはて】（冬）200
年の豆【としのまめ】（冬）226
年の餅【としのもち】（新年）254
年の夜【としのよ】（冬）202
年守る【としまもる】（冬）226
年用意【としようい】（冬）224
泥鰌鍋【どじょうなべ】（夏）85
泥鰌掘る
【どじょうほる】（冬）222
年忘【としわすれ】（冬）224
橡の実【とちのみ】（秋）182
栃の実【とちのみ】（秋）182
飛魚【とびうお】（夏）104
海桐の花
【とべらのはな】（夏）122
トマト【とまと】（夏）127
土用【どよう】（夏）66
土用鰻【どようなぎ】（夏）85
豊の秋【とよのあき】（秋）158
虎が雨【とらがあめ】（夏）73
虎尾草【とらのお】（夏）129
鳥追【とりおい】（新年）258
鳥帰る【とりかえる】（春）37
鳥雲に【とりくもに】（春）37
鳥雲に入る
【とりくもにいる】（春）37
鳥交る【とりさかる】（春）38
酉の市【とりのいち】（冬）227
鳥の巣【とりのす】（春）38
鳥渡る【とりわたる】（秋）167
とろろ汁【とろろじる】（秋）156
団栗【どんぐり】（秋）182
どんど【どんど】（新年）258
蜻蛉【とんぼ】（秋）172
とんぼう【とんぼう】（秋）172
蜻蛉生る
【とんぼうまる】（夏）110

な

ナイター【ないたー】（夏）94
長崎忌【ながさきき】（秋）160
流し雛【ながしびな】（春）31
長刀鉾【なぎなたぼこ】（夏）99
名草の芽【なぐさのめ】（春）55
投松明【なげたいまつ】（秋）165
夏越【なごし】（夏）99
梨【なし】（秋）177
茄子【なす】（夏）126

薺【なずな】（新年）260
薺摘む【なずなつむ】（新年）260
なづな爪【なずなづめ】（新年）257
茄子の花【なすのはな】（夏）125
夏鶯【なつうぐいす】（夏）103
夏霧【なつぎり】（夏）74
夏茱萸【なつぐみ】（夏）122
夏木立【なつこだち】（夏）117
夏衣【なつごろも】（夏）83
夏潮【なつじお】（夏）80
夏シャツ【なつしゃつ】（夏）84
夏スキー【なつすきー】（夏）91
夏蝶【なつちょう】（夏）106
夏椿の花
【なつつばきのはな】（夏）122
夏燕【なつつばめ】（夏）104
夏に入る【なつにいる】（夏）62
夏の雨【なつのあめ】（夏）71
夏の鴨【なつのかも】（夏）104
夏の霧【なつのきり】（夏）74
夏の潮【なつのしお】（夏）80
夏の蝶【なつのちょう】（夏）106
夏の露【なつのつゆ】（夏）73
夏の山【なつのやま】（夏）78
夏萩【なつはぎ】（夏）128
夏蒲団【なつぶとん】（夏）88
夏帽【なつぼう】（夏）85
夏帽子【なつぼうし】（夏）85
夏めく【なつめく】（夏）63
夏料理【なつりょうり】（夏）85
ななかまど
【ななかまど】（秋）181
七種【ななくさ】（新年）257
七草粥【ななくさがゆ】（新年）257
七種爪【ななくさづめ】（新年）257
七節虫【ななふし】（夏）107
七ふし【ななふし】（夏）107
七日【なぬか】（新年）250
七日粥【なのかがゆ】（新年）257
名の木散る
【なのきちる】（秋）181
名の草枯る
【なのくさかる】（冬）245
菜の花【なのはな】（春）54
菜の花忌【なのはなき】（春）34
鯰【なまず】（夏）104
奈良の山焼
【ならのやまやき】（新年）257
業平忌【なりひらき】（夏）100
苗代【なわしろ】（春）23
南天の実【なんてんのみ】（冬）239
南部火祭
【なんぶひまつり】（秋）165

に

新盆【にいぼん】（秋）162
鳰の子【におのこ】（夏）104
二月【にがつ】（春）8
二月尽【にがつじん】（春）11
虹【にじ】（夏）74
西日【にしび】（夏）76
日光黄萓
【にっこうきすげ】（夏）129
二の酉【にのとり】（冬）227
二百十日

【にひゃくとおか】（秋）135
入梅【にゅうばい】（夏）64
人参【にんじん】（冬）245

## ぬ

温め酒【ぬくめざけ】（秋）157

## ね

葱【ねぎ】（冬）245
葱坊主【ねぎぼうず】（春）54
猫の恋【ねこのこい】（春）35
寝正月【ねしょうがつ】（新年）254
根白草【ねじろぐさ】（新年）257
涅槃【ねはん】（春）32
涅槃会【ねはんえ】（春）32
涅槃図【ねはんず】（春）32
佞武多【ねぶた】（秋）161
合歓の花【ねむのはな】（夏）122
合歓の実【ねむのみ】（秋）182
年賀状【ねんがじょう】（新年）255
年酒【ねんしゅ】（新年）253
ねんねこ【ねんねこ】（冬）218

## の

野遊【のあそび】（春）28
農具市【のうぐいち】（春）26
のうぜんかずら【のうぜんかずら】（夏）116
凌霄の花【のうぜんのはな】（夏）116
野菊【のぎく】（秋）190
残る虫【のこるむし】（秋）173
後の月【のちのつき】（秋）145
野蒜【のびる】（春）57
野蒜摘む【のびるつむ】（春）57
幟【のぼり】（夏）97
野山の錦【のやまのにしき】（秋）153
海苔【のり】（春）59
乗初【のりぞめ】（新年）255
野分【のわき】（秋）148

## は

梅林【ばいりん】（春）42
蠅【はえ】（夏）111
萩【はぎ】（秋）188
萩の花【はぎのはな】（秋）188
白雨【はくう】（夏）73
白菜【はくさい】（冬）244
麦秋【ばくしゅう】（夏）63
薄暑【はくしょ】（夏）63
白鳥【はくちょう】（冬）235
白鳥座【はくちょうざ】（秋）145
白桃【はくとう】（秋）177
白梅【はくばい】（春）42
白牡丹【はくぼたん】（夏）114
白木蓮【はくもくれん】（春）51
白夜【はくや】（夏）65
羽子板【はごいた】（新年）256
稲架【はざ】（秋）158
葉桜【はざくら】（夏）113
端居【はしい】（夏）94

芭蕉【ばしょう】（秋）184
芭蕉忌【ばしょうき】（冬）230
芭蕉の花
【ばしょうのはな】（夏）125
蓮【はす】（夏）127
蓮浮葉【はすうきは】（夏）128
蓮枯る【はすかる】（冬）244
蓮の浮葉
【はすのうきは】（夏）128
蓮の花【はすのはな】（夏）127
鯊【はぜ】（秋）169
鯊日和【はぜびより】（秋）169
畑打【はたうち】（春）26
畑打つ【はたうつ】（春）26
裸【はだか】（夏）94
裸木【はだかぎ】（冬）242
裸子【はだかご】（夏）94
跣足【はだし】（夏）94
蟹螽【はたはた】（秋）174
蜂【はち】（春）41
八月【はちがつ】（秋）132
八月尽【はちがつじん】（秋）135
八十八夜
【はちじゅうはちや】（春）15
初明り【はつあかり】（新年）250
初秋【はつあき】（秋）132
初嵐【はつあらし】（秋）148
初午【はつうま】（春）30
初鏡【はつかがみ】（新年）254
初霞【はつがすみ】（新年）251
初鰹【はつがつお】（夏）104
初鴉【はつがらす】（新年）260
初景色【はつげしき】（新年）252
初弘法【はつこうぼう】（新年）259
初桜【はつざくら】（春）44
初時雨【はつしぐれ】（冬）210
初仕事【はつしごと】（新年）255
初松籟
【はつしょうらい】（新年）251
初蟬【はつぜみ】（夏）109
初空【はつぞら】（新年）251
蟋蟀【ばった】（秋）174
初大師【はつだいし】（新年）259
初旅【はつたび】（新年）255
初蝶【はつちょう】（春）40
初燕【はつつばめ】（春）36
初天神【はつてんじん】（新年）259
初電話【はつでんわ】（新年）254
初花【はつはな】（春）44
初春【はつはる】（新年）248
初晴【はつばれ】（新年）251
初日【はつひ】（新年）250
初日の出【はつひので】（新年）250
初富士【はつふじ】（新年）253
初蛍【はつぼたる】（夏）107
初盆【はつぼん】（秋）162
初御空【はつみそら】（新年）251
初昔【はつむかし】（新年）248
初詣【はつもうで】（新年）258
初紅葉【はつもみじ】（秋）181
初湯【はつゆ】（新年）254
初雪【はつゆき】（冬）211
鳩吹【はとふく】（秋）159
花【はな】（春）47
花明り【はなあかり】（春）47
花卯木【はなうつぎ】（夏）120

花樗【はなおうち】（夏）121
花篝【はなかがり】（春）28
花桐【はなぎり】（夏）121
花曇【はなぐもり】（春）22
花菖蒲【はなしょうぶ】（夏）123
花橘【はなたちばな】（夏）114
花疲【はなづかれ】（春）28
花とべら【はなとべら】（夏）122
花野【はなの】（秋）153
花の雨【はなのあめ】（春）19
花の陰【はなのかげ】（春）47
花の冷え【はなのひえ】（春）14
花火【はなび】（夏）93
花冷【はなびえ】（春）14
花片【はなびら】（春）47
花びら餅【はなびらもち】（新年）253
花吹雪【はなふぶき】（春）49
花祭【はなまつり】（春）33
花林檎【はなりんご】（春）52
羽抜鳥【はぬけどり】（夏）103
羽子つき【はねつき】（新年）256
母の日【ははのひ】（夏）95
葉牡丹【はぼたん】（冬）244
浜菊【はまぎく】（秋）190
蛤【はまぐり】（春）40
破魔矢【はまや】（新年）256
破魔弓【はまゆみ】（新年）256
鱧【はも】（夏）105
隼【はやぶさ】（冬）232
薔薇【ばら】（夏）113
薔薇園【ばらえん】（夏）113
春【はる】（春）8
春浅し【はるあさし】（春）9
春惜む【はるおしむ】（春）16
春外套【はるがいとう】（春）25
春風【はるかぜ】（春）17
春キャベツ【はるきゃべつ】（春）58
春コート【はるこーと】（春）25
春寒【はるさむ】（春）10
春雨【はるさめ】（春）19
春時雨【はるしぐれ】（春）19
春驟雨【はるしゅうう】（春）19
春障子【はるしょうじ】（春）25
春立つ【はるたつ】（春）8
春近し【はるちかし】（冬）206
春隣【はるとなり】（冬）206
春の雨【はるのあめ】（春）19
春の泉【はるのいずみ】（春）23
春の風邪【はるのかぜ】（春）30
春の雁【はるのかり】（春）37
春の雲【はるのくも】（春）16
春の筍【はるのたけのこ】（春）53
春の月【はるのつき】（春）16
春の鳥【はるのとり】（春）36
春の波【はるのなみ】（春）23
春の虹【はるのにじ】（春）21
春の蝿【はるのはえ】（春）41
春の日【はるのひ】（春）12
春の昼【はるのひる】（春）13
春の星【はるのほし】（春）17
春の水【はるのみず】（春）23
春の闇【はるのやみ】（春）17
春の夕日【はるのゆうひ】（春）12
春の雪【はるのゆき】（春）19

春の宵【はるのよい】（春）13
春疾風【はるはやて】（春）18
春祭【はるまつり】（春）32
春三日月【はるみかづき】（春）17
春めく【はるめく】（春）10
春行く【はるゆく】（春）16
晩夏【ばんか】（夏）65
万愚節【ばんぐせつ】（春）32
万聖節【ばんせいせつ】（秋）164
ハンモック【はんもっく】（夏）88
万緑【ばんりょく】（夏）118

ひ

日脚伸ぶ【ひあしのぶ】（冬）206
柊の花【ひいらぎのはな】（冬）239
ビール【びーる】（夏）87
飛花【ひか】（春）49
日傘【ひがさ】（夏）84
干潟【ひがた】（春）23
彼岸花【ひがんばな】（秋）190
引鶴【ひきづる】（春）37
蜩【ひぐらし】（秋）172
蘖【ひこばえ】（春）52
鹿尾菜【ひじき】（春）59
ひじき干す【ひじきほす】（春）59
鶲【ひたき】（秋）169
旱【ひでり】（夏）77
人丸忌【ひとまるき】（春）34
人麿忌【ひとまろき】（春）34
雛【ひな】（春）30
雛あられ【ひなあられ】（春）25
日永【ひなが】（春）14
日永し【ひながし】（春）14
雛菊【ひなぎく】（春）53
日向ぼこ【ひなたぼこ】（冬）224
雛流し【ひなながし】（春）31
雛祭【ひなまつり】（春）30
火鉢【ひばち】（冬）222
火吹竹【ひふきだけ】（冬）222
向日葵【ひまわり】（夏）124
百八燈【ひゃくはったい】（秋）165
白蓮【びゃくれん】（夏）127
日焼け【ひやけ】（夏）95
日灼け【ひやけ】（夏）95
冷酒【ひやざけ】（夏）87
冷し飴【ひやしあめ】（夏）87
冷し瓜【ひやしうり】（夏）86
冷し西瓜【ひやしすいか】（夏）86
ヒヤシンス【ひやしんす】（春）54
冷やか【ひややか】（秋）138
冷奴【ひややっこ】（夏）85
冷ゆる【ひゆる】（秋）138
氷河【ひょうが】（夏）78
屏風【びょうぶ】（冬）221
昼顔【ひるがお】（夏）128
昼寝【ひるね】（夏）95
昼寝覚【ひるねざめ】（夏）95
鰭酒【ひれざけ】（冬）220
広島忌【ひろしまき】（夏）96
枇杷【びわ】（夏）117
枇杷の花【びわのはな】（冬）240

ふ

風船【ふうせん】（春）28

風鈴【ふうりん】（夏）89
プール【ぷーる】（夏）92
蕗【ふき】（夏）126
蕗の薹【ふきのとう】（春）58
蕗の広葉【ふきのひろば】（夏）126
武具飾る【ぶぐかざる】（夏）97
福茶【ふくちゃ】（新年）253
梟【ふくろう】（冬）233
袋掛【ふくろかけ】（夏）90
袋角【ふくろづの】（夏）101
藤【ふじ】（春）51
不死男忌【ふじおき】（夏）100
藤棚【ふじだな】（春）51
富士の初雪
【ふじのはつゆき】（秋）150
藤房【ふじふさ】（春）51
富士詣【ふじもうで】（夏）99
蕪村忌【ぶそんき】（冬）231
二人静【ふたりしずか】（春）58
二日【ふつか】（新年）250
仏生会【ぶっしょうえ】（春）33
太藺【ふとい】（夏）129
葡萄【ぶどう】（秋）179
船遊【ふなあそび】（夏）91
船虫【ふなむし】（夏）106
舟虫【ふなむし】（夏）106
冬【ふゆ】（冬）196
冬柏【ふゆかしわ】（冬）244
冬霞【ふゆがすみ】（冬）215
冬鷗【ふゆかもめ】（冬）234
冬枯【ふゆがれ】（冬）243
冬菊【ふゆぎく】（冬）244
冬来る【ふゆきたる】（冬）197
冬きつつき
【ふゆきつつき】（冬）232
冬木の芽【ふゆきのめ】（冬）243
冬銀河【ふゆぎんが】（冬）208
冬木立【ふゆこだち】（冬）242
冬桜【ふゆざくら】（冬）237
冬菫【ふゆすみれ】（冬）246
冬立つ【ふゆたつ】（冬）197
冬椿【ふゆつばき】（冬）238
冬隣【ふゆどなり】（秋）141
冬菜【ふゆな】（冬）244
冬に入る【ふゆにいる】（冬）197
冬の朝【ふゆのあさ】（冬）204
冬の雨【ふゆのあめ】（冬）211
冬の風【ふゆのかぜ】（冬）208
冬の空【ふゆのそら】（冬）207
冬の月【ふゆのつき】（冬）207
冬の鳥【ふゆのとり】（冬）232
冬の波【ふゆのなみ】（冬）217
冬の虹【ふゆのにじ】（冬）215
冬の蜂【ふゆのはち】（冬）235
冬の浜【ふゆのはま】（冬）217
冬の日【ふゆのひ】（冬）204
冬の灯【ふゆのひ】（冬）221
冬の星【ふゆのほし】（冬）208
冬の山【ふゆのやま】（冬）215
冬の夜【ふゆのよ】（冬）205
冬晴【ふゆばれ】（冬）207
冬日【ふゆひ】（冬）204
冬帽子【ふゆぼうし】（冬）218
冬北斗【ふゆほくと】（冬）208
冬星【ふゆぼし】（冬）208
冬牡丹【ふゆぼたん】（冬）237

冬芽【ふゆめ】（冬）243
冬紅葉【ふゆもみじ】（冬）240
冬山【ふゆやま】（冬）215
冬夕焼【ふゆゆうやけ】（冬）215
冬林檎【ふゆりんご】（冬）240
芙蓉【ふよう】（秋）177
ふらここ【ふらここ】（春）29
ぶらんこ【ぶらんこ】（春）29
フリージア
【ふりーじあ】（春）54
古草【ふるくさ】（春）55
古暦【ふるごよみ】（冬）224
文化の日【ぶんかのひ】（秋）161
噴水【ふんすい】（夏）87

## へ

糸瓜忌【へちまき】（秋）166
紅椿【べにつばき】（春）44
紅蓮【べにはす】（夏）127
蛇【へび】（夏）102
蛇穴に入る
【へびあなにいる】（秋）167
蛇衣を脱ぐ
【へびきぬをぬぐ】（夏）102
蛇の衣【へびのきぬ】（夏）102
べら釣【べらつり】（夏）90
遍路【へんろ】（春）33

## ほ

焙炉師【ほいろし】（春）27
芒種【ぼうしゅ】（夏）64
ほうたる【ほうたる】（夏）107
ぼうたん【ぼうたん】（夏）114
豊年【ほうねん】（秋）158
法然忌【ほうねんき】（春）33
孑孑【ぼうふら】（夏）111
朴落葉【ほおおちば】（冬）242
頬白【ほおじろ】（春）36
鬼灯【ほおずき】（秋）185
鬼灯市【ほおずきいち】（夏）97
朴の花【ほおのはな】（夏）121
星朧【ほしおぼろ】（春）17
干柿【ほしがき】（秋）157
星月夜【ほしづきよ】（秋）145
星流る【ほしながる】（秋）146
星祭【ほしまつり】（秋）161
菩提樹の花
【ぼだいじゅのはな】（夏）122
蛍【ほたる】（夏）107
蛍籠【ほたるかご】（夏）94
蛍狩【ほたるがり】（夏）94
蛍火【ほたるび】（夏）107
牡丹【ぼたん】（夏）114
牡丹鍋【ぼたんなべ】（冬）220
牡丹の芽【ぼたんのめ】（春）50
牡丹雪【ぼたんゆき】（春）20
捕虫網【ほちゅうもう】（夏）94
布袋草【ほていそう】（夏）124
時鳥【ほととぎす】（夏）103
鯔【ぼら】（秋）169
盆【ぼん】（秋）162
盆踊【ぼんおどり】（秋）163
盆過【ぼんすぎ】（秋）162
盆の月【ぼんのつき】（秋）144

盆梅【ぼんばい】（春）42

ま

蟻螺【まくなぎ】（夏）111
木天蓼の花【またたびのはな】（夏）122
松飾る【まつかざる】（冬）224
松過【まつすぎ】（新年）250
松の芯【まつのしん】（春）52
松の花【まつのはな】（春）53
祭【まつり】（夏）98
祭體【まつりはも】（夏）105
祭囃子【まつりばやし】（夏）98
祭笛【まつりぶえ】（夏）98
マフラー【まふらー】（冬）219
ままこのしりぬぐい【ままこのしりぬぐい】（秋）192
蝮【まむし】（夏）102
蝮蛇【まむし】（夏）102
蝮蛇草【まむしぐさ】（春）58
豆打【まめうち】（冬）226
豆撒【まめまき】（冬）226
豆飯【まめめし】（夏）85
繭【まゆ】（夏）90
繭玉【まゆだま】（新年）254
マロニエの花【まろにえのはな】（夏）121
満月【まんげつ】（秋）144
金縷梅【まんさく】（春）53
曼珠沙華【まんじゅしゃげ】（秋）190
万年雪【まんねんゆき】（夏）78

み

御影供【みえいく】（春）32
蜜柑【みかん】（冬）239
蜜柑山【みかんやま】（冬）239
神輿【みこし】（夏）98
短夜【みじかよ】（夏）66
三島忌【みしまき】（冬）230
水打つ【みずうつ】（夏）89
水涸るる【みずかるる】（冬）216
水着【みずぎ】（夏）84
水澄む【みずすむ】（秋）155
水鉄砲【みずでっぽう】（夏）94
水鳥【みずとり】（冬）234
水温む【みずぬるむ】（春）23
水の秋【みずのあき】（秋）154
水洟【みずばな】（冬）223
水引の花【みずひきのはな】（秋）192
晦日蕎麦【みそかそば】（冬）226
鷦鷯【みそさざい】（冬）234
三十三才【みそさざい】（冬）234
光秀忌【みつひでき】（夏）100
緑【みどり】（夏）118
緑さす【みどりさす】（夏）118
南風【みなみ】（夏）70
南風【みなみかぜ】（夏）70
峰雲【みねぐも】（夏）69
蓑虫【みのむし】（秋）175
三船祭【みふねまつり】（夏）99
木菟【みみずく】（冬）233
蚯蚓鳴く【みみずなく】（秋）175

耳の日【みみのひ】（春）31
茗荷の子【みょうがのこ】（夏）127

む

蜈蚣【むかで】（夏）112
百足虫【むかで】（夏）112
麦【むぎ】（夏）128
麦青む【むぎあおむ】（春）55
麦の秋【むぎのあき】（夏）63
麦の穂【むぎのほ】（夏）128
木槿【むくげ】（秋）176
無患子【むくろじ】（秋）183
虫【むし】（秋）173
虫時雨【むししぐれ】（秋）173
虫の音【むしのね】（秋）173
武者人形【むしゃにんぎょう】（夏）97
紫式部【むらさきしきぶ】（秋）、183
村芝居【むらしばい】（秋）164

め

名月【めいげつ】（秋）144
和布刈【めかり】（冬）228
和布刈神事【めかりしんじ】（冬）228
目刺【めざし】（春）25
芽吹く【めぶく】（春）52
メロン【めろん】（夏）126

も

虎落笛【もがりぶえ】（冬）209
木犀【もくせい】（秋）176
木蓮【もくれん】（春）51
鵙【もず】（秋）168
鵙の高音【もずのたかね】（秋）168
鵙日和【もずびより】（秋）168
餅搗【もちつき】（冬）219
望月【もちづき】（秋）144
藻の花【ものはな】（夏）130
籾【もみ】（秋）158
籾殻焼く【もみがらやく】（秋）158
紅葉【もみじ】（秋）180
紅葉かつ散る【もみじかつちる】（秋）181
紅葉狩【もみじがり】（秋）159
紅葉散る【もみじちる】（冬）240
百千鳥【ももちどり】（春）36
桃の花【もものはな】（春）51
桃の実【もものみ】（秋）177

や

焼藷【やきいも】（冬）219
焼芋屋【やきいもや】（冬）219
厄日【やくび】（秋）135
八雲忌【やくもき】（秋）166
灼くる【やくる】（夏）67
焼野【やけの】（春）23
夜光虫【やこうちゅう】（夏）112
康成忌【やすなりき】（春）35
八手の花【やつでのはな】（冬）239
寄居虫【やどかり】（春）40

柳散る【やなぎちる】（秋）181
柳蘭【やなぎらん】（夏）130
藪巻【やぶまき】（冬）220
山滴る【やましたたる】（夏）78
山眠る【やまねむる】（冬）216
山火【やまび】（春）26
山開き【やまびらき】（夏）97
山葡萄【やまぶどう】（秋）183
山女【やまめ】（夏）104
山焼【やまやき】（春）26
山焼く【やまやく】（春）26
山百合【やまゆり】（夏）124
山笑う【やまわらう】（春）22
守宮【やもり】（夏）102
漸寒【ややさむ】（秋）139
弥生【やよい】（春）12
夜涼【やりょう】（夏）67

ゆ

夕顔【ゆうがお】（夏）125
誘蛾燈【ゆうがとう】（夏）90
憂国忌【ゆうこくき】（冬）230
夕涼【ゆうすず】（夏）67
遊船【ゆうせん】（夏）91
夕立【ゆうだち】（夏）73
夕焼【ゆうやけ】（夏）75
夕焼雲【ゆうやけぐも】（夏）75
川床【ゆか】（夏）91
浴衣【ゆかた】（夏）84
雪【ゆき】（冬）212
雪女【ゆきおんな】（冬）214
雪解風【ゆきげかぜ】（春）24
雪解水【ゆきげみず】（春）24
雪しまき【ゆきしまき】（冬）214
雪女郎【ゆきじょろう】（冬）214
雪しろ【ゆきしろ】（春）24
雪達磨【ゆきだるま】（冬）223
雪解【ゆきどけ】（春）24
雪野【ゆきの】（冬）216
鴨足草【ゆきのした】（夏）129
雪婆【ゆきばんば】（冬）236
雪間【ゆきま】（春）24
雪山【ゆきやま】（冬）215
行く秋【ゆくあき】（秋）140
行く年【ゆくとし】（冬）201
行く春【ゆくはる】（春）16
湯ざめ【ゆざめ】（冬）223
柚子【ゆず】（秋）180
柚子湯【ゆずゆ】（冬）225
百合【ゆり】（夏）124

よ

余花【よか】（夏）112
夜神楽【よかぐら】（冬）228
余寒【よかん】（春）10
夜霧【よぎり】（秋）151
夜桜【よざくら】（春）28
夜寒【よさむ】（秋）139
義仲忌【よしなかき】（春）33
四日【よっか】（新年）250
ヨット【よっと】（夏）91
霾晦【よなぐもり】（春）18
夜振【よぶり】（夏）90
夜店【よみせ】（夏）92

嫁が君【よめがきみ】（新年）260
蓬【よもぎ】（春）58
蓬餅【よもぎもち】（春）25

ら

ライラック【らいらっく】（春）50
落雷【らくらい】（夏）75
落花【らっか】（春）49
落花生【らっかせい】（秋）188
ラムネ【らむね】（夏）86
蘭【らん】（秋）184
乱鶯【らんおう】（夏）103

り

利休忌【りきゅうき】（春）34
立夏【りっか】（夏）62
立秋【りっしゅう】（秋）133
立春【りっしゅん】（春）8
立冬【りっとう】（冬）197
流星【りゅうせい】（秋）146
竜天に登る【りゅうてんにのぼる】（春）12
流燈【りゅうとう】（秋）163
竜の玉【りゅうのたま】（冬）246
流氷忌【りゅうひょうき】（春）34
涼新た【りょうあらた】（秋）134
料峭【りょうしょう】（春）10
涼風【りょうふう】（夏）71
緑蔭【りょくいん】（夏）120
緑雨【りょくう】（夏）71
リラの花【りらのはな】（春）50
林檎【りんご】（秋）178
林檎の花【りんごのはな】（春）52
竜胆【りんどう】（秋）192

る

瑠璃蜥蜴【るりとかげ】（夏）102

れ

冷夏【れいか】（夏）66
蓮華升麻の花【れんげしょうまのはな】（夏）130

ろ

炉【ろ】（冬）222
炉明【ろあかり】（冬）222
臘八【ろうはち】（冬）229
臘八会【ろうはちえ】（冬）229
六月【ろくがつ】（夏）64
炉開【ろびらき】（冬）222

わ

若芝【わかしば】（春）56
若竹【わかたけ】（夏）122
若菜摘【わかなつみ】（新年）257
若葉【わかば】（夏）117
若葉雨【わかばあめ】（夏）117
若緑【わかみどり】（春）52
若布刈る【わかめかる】（春）27
若布干す【わかめほす】（春）27

別れ霜【わかれじも】（春）21
鷲【わし】（冬）232
忘れ霜【わすれじも】（春）21
早稲【わせ】（秋）187
早稲の香【わせのか】（秋）187
早稲の穂【わせのほ】（秋）187
綿菅【わたすげ】（夏）129
綿虫【わたむし】（冬）236
渡り鳥【わたりどり】（秋）167
笑初【わらいぞめ】（新年）254
藁塚【わらづか】（秋）159
蕨餅【わらびもち】（春）25
吾亦紅【われもこう】（秋）191

# 季語別松尾隆信句集

二〇一七年一〇月二〇日　第一刷

定価＝本体二八〇〇円＋税

●著者――松尾隆信

●装幀――和　兎

●発行者――山岡喜美子

●発行所――ふらんす堂

〒一八二―〇〇〇二　東京都調布市仙川町一―一五―三八―二F

TEL〇三・三三二六・九〇六一　FAX〇三・三三二六・六九一九

http://furansudo.com/　E-mail info@furansudo.com

●印刷――日本ハイコム株式会社



ISBN978-4-7814-1010-4 C0092 ¥2800E